تتلی کے پر

(کہانیاں)

اعجاز عبید

Titli ke par *(Short Stories)*

by: Aijaz Ubaid

Edition: May '2024

Publisher :

Taemeer Publications LLC (Michigan, USA / Hyderabad, India)

ISBN 978-93-5872-330-4

9 789358 723304

کتاب	:	**تتلی کے پر** (کہانیاں)
مصنف	:	**اعجاز عبید**
کمپوزنگ	:	مخدوم محی الدین
صنف	:	فکشن
ناشر	:	تعمیر پبلی کیشنز (حیدرآباد، انڈیا)
سالِ اشاعت	:	۲۰۲۴ء
صفحات	:	۱۰۰
سرورق ڈیزائن	:	تعمیر ویب ڈیزائن

فہرست

اپنا تعارف

ٹرین کسی اجاڑ اور سنسان سی جگہ پر رک گئی۔ سب لوگ چونک اٹھے۔ انھیں یقین نہ آیا یہ کوئی اسٹیشن ہے بھی یا نہیں۔ میں نے کھڑکی سے جھانکا۔ اندھیری رات میں ڈوبا ہوا واقعی یہ ایک چھوٹا سا اسٹیشن تھا۔ جہاں صرف دو لمپ پوسٹ تھے جن میں مٹی کے تیل کے چراغ جل رہے تھے۔ مگر فضا میں مختلف قسم کی خوشبوئیں گھلی ہوئی تھیں۔ اچانک میری نظر اس اسٹیشن پر اترنے والے تنہا مسافر کی طرف پڑی۔ جو میرے کمپارٹمنٹ سے اترا ہے اور اسے میں نے پہلے نہیں دیکھا۔ میں دوبارہ اندر دیکھتا ہوں اور یہی محسوس ہوتا ہے کہ جیسے سب لوگ بیٹھے ہوئے تھے۔ ان کے اوپر کی برتھ پر لیٹے ہوئے موٹے سے صاحب اب بھی اسی طرح خراٹے لے رہے تھے۔ وہ ادھیڑ جوڑا اور ان کا 10-12 سالہ بچہ تینوں ایک دوسرے کے سہارے سے اسی طرح بیٹھے اونگھ رہے تھے اور درمیانی خلا میں ایک پھٹی ہوئی ساڑی پہنے ہوئے عورت اپنے ایسے بچے کو مستقل دودھ پلا رہی تھی جو اس کے علاوہ کسی اور کو خوبصورت نہیں لگ سکتا۔ مجھے کمپارٹمنٹ میں کسی کی کمی کا احساس نہیں ہوا۔ میں نے پھر باہر جھانکا۔ اترنے والا مسافر ریلوے انجن کی طرف دھیرے دھیرے جا رہا تھا۔ میں اسے تاریکی میں ڈوبتے ہوئے دیکھتا رہا۔ ایک لمحے کے لیے اس کا پورا سلہوٹ (Silhouette) نظر آیا جب کہ سٹریم انجن میں دہکتے ہوئے انگارے اسے پل بھر کے لیے روشن کر گئے تھے۔ پھر وہ انجن سے بھی آگے نکل

گیا۔

اگلے ہی لمحے گاڑی چل پڑی۔ میں تاریکی میں اسے ڈھونڈنے لگا۔ اور ایک بار پھر وہ نظر آ گیا۔ وہی سرخی مائل سلہوٹ۔ جو اس بار بھی انگاروں کی روشنی میں چمک گیا تھا۔ وہ شخص کسی درخت سے کچھ توڑ رہا تھا۔ خوشبو سے پتہ چلا کہ شاید وہ ہار سنگھار کے پھول تھے جنہیں وہ توڑ رہا تھا۔ ٹرین آگے بڑھ گئی۔ وہ تاریکی میں ڈوب گیا۔

اور اچانک مجھے ایسا لگا کہ ایسے میں اپنے آپ کو پیچھے چھوڑ آیا ہوں۔ اور مجھے بڑا عجیب سا خوف محسوس ہوا کہ کمپارٹمنٹ کے باقی لوگ کہیں میری کمی محسوس نہ کر لیں۔ اور میں تیزی سے کھڑکی سے سب سے زیادہ دور بیٹھ گیا۔

میں کھڑکی کی طرف خوف سے دیکھا رہا۔ انجن کے انگاروں کی سرخ روشنی مختلف اشیاء پر پڑتی رہی۔ ٹرین اپنی دھیمی رفتار سے معمول کے مطابق چلتی رہی۔ شاید وہ اب بھی کھڑا ہار سنگھار کے پھول توڑ رہا ہو۔۔۔

تتلی کے پر

اس نے آسمان کی طرف دیکھا۔ دن بادلوں کی گود میں چھپ گیا تھا۔ماحول میں خنکی پیدا ہو چلی تھی اور آسمان سے خوبصورت موتی جیسے لمحے برس رہے تھے۔ وقت بہت دھیرے دھیرے بہہ رہا تھا۔ موسم بھی وقت کے گزرنے پر کتنا اثر انداز ہو سکتا ہے۔ یہ اس نے پہلے کبھی نہیں سوچا تھا۔

وہ بالکونی میں لان چیر ڈالے بیٹھا تھا۔پانی کی بوندیں ہوا کے ساتھ کبھی کبھی اس کے سفید بالوں میں بکھر جاتی تھیں جن میں ساٹھ سال کی دھوپیں جذب ہو کر اپنی پیلاہٹیں اور سفیدیاں کھو چکی تھیں۔ وہ بوڑھی انگلیوں سے ان ننھی بوندوں کو صاف کر دیتا۔ بڑی دیر سے وہ دیکھ رہا تھا۔ بچے باغ میں کھیلتے ہوئے اس کے پوتے اور پوتی کو جو پھواروں کے باوجود کھیلتے پھر رہے تھے۔ ہر طرف بچپن کے میٹھے گیت تھے۔ اور ایسا لگ رہا تھا کہ اس کے جسم کا کچھ حصہ ان بچوں کے کھیل میں شریک ہے۔ ریٹائرڈ پروفیسر صدیقی کی حیثیت سے نہیں، ایک بچے کی طرح اس نے سوچا۔

'پروین'، اس کے پوتے ریاض نے اپنی بہن کو آواز دی اور ایک رنگ برنگا فراک آواز کا تعاقب کرتا ہوا بوگن ویلیا کے پیڑ کے نیچے پہنچ گیا۔ درخت کے نیچے پانی کے قطرے کبھی کبھی جاسوسی کر جاتے تھے۔ جیسے ہی رنگ برنگا فراک رکا۔ایک معصوم ہاتھ نے بوگن ویلیا کی ڈالی پکڑ کر جھنجھوڑ دی۔ خوبصورت فراک پر چھوٹے چھوٹے نقطے بن

گئے اور ہر طرف موتی بکھر گئے۔ پانی کے بھی اور دو معصوم قہقہوں کے بھی۔ اس میں شاید وہ قہقہہ بھی تھا جو بالکونی میں لان چیئر ڈالے بیٹھا تھا یہ قہقہہ خود پروفیسر صدیقی کے کانوں کو بھی سب سے بھاری لگا۔ مگر جس کے وزن کو ریاض اور پروین محسوس نہیں کر سکے۔

وہ بالکونی سے اٹھ آیا اور اس نے اپنے کمزور جسم کو صوفے پر لٹا دیا۔ اور سوچنے لگا۔

انسانوں میں کتنی مختلف اور متضاد شخصیتیں ہوتی ہیں۔ کچھ لوگ صدیوں کی لاشیں ساتھ اٹھائے ہوئے چلتے ہیں اور کچھ ہر بیتتے لمحے کی لاش کو پہاڑی سے نیچے کی طرف لڑھکا دیتے ہیں۔ اور وہ رنگین غبّاروں جیسا لمحہ اوپر جانے کی بجائے نیچے گہرائی میں چلا جاتا ہے۔ وہ بھی اس دوسری قسم کے لوگوں میں سے تھا۔ اس کا جی چاہا کہ آج سے پچاس سال پہلے کا کلینڈر ڈھونڈھے جو نہ جانے کہاں مل سکے گا۔ اس کے ذہن میں کچھ سائے ضرور باقی رہ گئے تھے۔ مگر ان پر دوسرے لمحوں کے غلاف چڑھ گئے تھے۔ اس نے ایک ایک کر کے سارے غلاف اتار پھینکے۔ اسے پچاس سال پہلے کی ڈائری بھی ذہن کی کسی دراز میں مل گئی تھی۔ وہ اپنے بچپن کے بارے میں سوچنے لگا جو اکیلے کھیلتے کھیلتے بوڑھا ہو گیا تھا۔ تتلی اڑی ہی تھی کہ اسے کسی مضبوط ہاتھ نے جکڑ لیا۔ اس کے تمام رنگ بکھر گئے اور وہ زمین پر گر گئی جہاں پہلے سے بہت سے سوکھے ہوئے پھول پڑے تھے۔

وہ زینہ اتر کر آنگن کے پاس برامدے میں پڑی آرام کرسی پر آ کر بیٹھ گیا۔ ریاض اور پروین اب مہندی کے درختوں تلے کھڑے تھے۔ خزاں کی یادگار کے طور پر کچھ پتّیاں زمین پر بکھری پڑی تھیں جو کچھ بارش کے ساتھ تیز ہواؤں اور بوندوں کے تیروں کا شکار ہو چکی تھیں۔

اس نے دیکھا پروین نیچے جھک رہی تھی اور اس نے اپنی چھوٹی سی مٹھّی میں پتّیاں

لے کر ریاض کی طرف اچھال دیں پھر دو معصوم قہقہے اور ایک بھاری تیسرا قہقہہ بھی۔ اسے اپنا یہ اندرونی قہقہہ بے حد اجنبی لگا۔

"ریاض۔ پروین۔ تم پانی میں کیوں کھیل رہے ہو؟ پاپا آئیں گے تو خفا ہوں گے" یہ زرینہ کی آواز تھی۔ اس کی بیوی جو آج کل گھر کی تنہا عورت تھی۔ ان کی بہو اپنے میکے گئی ہوئی تھی اور سرور ان کا بیٹا ابھی دفتر سے گھر نہیں لوٹا تھا۔ "مان بھی جاؤ زرینہ۔۔۔ بچے ہیں۔۔ کھیلنے دو۔ اور پھر اب بارش بھی کہاں ہو رہی ہے۔" اس نے سمجھانے والے انداز میں کہا۔ بارش کے رک جانے کا ثبوت دینے کے لیے جیسے خود بھی دو قدم بڑھ کر کھلے آسمان تلے آ گیا اور پھر واپس اپنی کرسی پر بیٹھ گیا۔ پھوار واقعی اور کم ہو گئی تھی۔

"آپ کی مرضی" زرینہ نے خشکی سے کہا "خدا نخواستہ کوئی بیمار ہو جائے تو آپ کی بہو سے آپ ہی نمٹ لیجیئے گا۔"

"بچوں کو ان کی فطرت کے مطابق چھوڑ دینا چاہیئے۔" اس نے زرینہ کے جاتے قدموں کی آہٹ سے کہا تھا۔ اور اپنی آنکھیں موند لیں۔

"پروین کی بچی۔ دال کھائے کچی"

"ریاض کا بچہ۔ گوشت کھائے کچا

پروین کی بچی۔۔۔۔۔۔"

ریاض کا بچہ۔۔۔۔۔۔۔۔۔۔"

اس کا بچپن۔۔۔۔۔۔۔۔۔۔۔۔؟ اس طرح تو نہیں گزرا تھا۔ یا وہ آیا ہی نہیں تھا۔ پیدا ہوتے ہی سنجیدہ اور بزرگ ہو گیا تھا۔ اسے یاد تو نہیں آیا۔ مگر اسے یقین تھا کہ وہ جب گھٹنوں گھٹنوں آنگن کی مٹی کی طرف بڑھا ہو گا تو ایک آواز آئی ہوتی۔

"منے۔۔۔ چھی!" اور پھر وہ آنگن میں مستقبل کے پروفیسر صدیقی کے روپ میں

ہی باہر نکلا تھا۔

آنگن میں ہلکی ہلکی بارش ہو رہی تھی۔ منے نے اپنی آنکھیں اوپر اٹھائیں۔ آنکھوں میں پانی کے ننھے قطروں کے لمس سے ہونے والی گدگدی اسے اچھی لگ رہی تھی۔ اس نے اپنا بوشرٹ اتارنے کا ارادہ کیا ہی تھا کہ آواز آئی۔

"منے۔ توبہ توبہ۔۔۔" اس نے چاہا کہ ضد کر کے وہیں کیچڑ میں بیٹھ جائے۔ اور وہ اس ارادے کی تکمیل کرنے ہی والا تھا کہ پھر دشمن آواز آئی۔ "منّے۔۔۔ چھی! شام کو تمھیں ابا سیر کرانے نہیں لے جائیں گے۔ ایسے گندے بچے کو کون لے جا سکتا ہے۔" یہ منے کی واحد تفریح تھی۔ دن بھر۔ آیا اس کی نگرانی کرتی تھی۔ شام کو ابا سیر کرانے نہ جانے کہاں لے جاتے۔ مگر راستے میں ستائیس بجلی کے کھمبے ضرور آتے تھے۔ اس نے کئی بار گنے تھے۔ صبح صبح مولوی صاحب چلے آتے تھے۔

"شاباش منے۔۔۔ ہاں تو پھر پڑھو۔ الف دو زبر۔۔۔۔۔"

پھر ماسٹر صاحب جو انگریزی کی کہانیاں خود پڑھنے اور پھر اسے سنایا کرتے۔۔۔ "دیکھو۔ یہ ایک فیری ٹیل ہے۔ تم سمجھتے ہو۔۔؟ فیری ٹیل معنی پریوں کی کہانی۔ فیری یعنی پری، ٹیل یعنی کہانی۔۔۔"

"یہ پری کیا ہوتی ہے، ماسٹر صاحب"

"ارے تم پری نہیں جانتے۔۔۔؟

"نہیں، ماسٹر صاحب۔ بتائیے نا۔۔۔"

"ارے پریوں کی کہانیاں بہت بنائی ہیں لوگوں نے پری۔ پری۔۔۔۔۔۔۔۔۔۔"

وہ سوچنے لگتے کہ پری کے کیا معنی بتائیں جیسے یا تو انھیں پری کے معنی ہی معلوم نہیں یا پھر

اتنے بہت سے معلوم ہیں کہ سوچنا پڑتا ہے کہ اس بار کون سے معنی بتائیں۔

"وہ پروالی لڑکیاں ہوتی ہیں۔ آسمان میں اُڑتی ہیں۔ اور اچھے بچوں کو بہت پیار کرتی ہیں۔"

منّا سوچتا۔ وہ بھی تو اچھا بچّہ ہے۔ پھر اس کے پاس پریاں کیوں نہیں آتیں۔

اس کے کانوں میں کئی آوازیں تیرتی رہیں۔۔۔۔۔۔۔۔۔۔۔۔

"منے۔ قینچی ہاتھ میں نہ لو۔۔ چبھ جائے گی تو خون نکل آئے گا"

"منے۔ تم ننگے پیر آنگن میں کیوں گئے۔ چلو چپل پہنو۔"

"منّے نیچے مت بیٹھو۔ کپڑے گندے ہو جائیں گے۔"

"نہیں۔ آئس کریم نہ کھانا۔ نزلہ ہو جائے گا۔"

"ایک بچہ تھا بھولا بھالا۔ اس کا ایک دوست تھا"۔ ماسٹر صاحب اسے اب پریوں کی کہانیاں نہیں سناتے تھے۔ انگریزی کے سبق اور ضرب تقسیم وغیرہ کے لمبے لمبے سوالات کے بعد اس کی فرمائش پر کچھ اور کہانی سناتے تھے۔

"ماسٹر صاحب۔ دوست کیا ہوتا ہے۔"

"تم دوست نہیں جانتے۔" پھر بمشکل اسے دوست کے معنی سمجھاتے۔ اور وہ سوچنے لگتا کہ اس کے بھی کئی دوست ہیں۔ یہ کمرہ

اس کا دوست ہے۔ رنگ برنگی تصویروں والی کتابیں اس کی دوست ہیں۔ کلر باکس سے بھی اس کی دوستی ہے۔ ایک چڑیا کے بولنے کی آواز آئی۔ یہ بھی میری دوست ہے۔ اس نے سوچا اور باہر آنگن میں نکل آیا۔ چڑیا آنگن میں اتر گئی۔" چھی چڑیا دوست چھی۔۔۔ توبہ توبہ نہیں۔ یہ میری دوست نہیں ہے۔ یہ تو ننگے پاؤں آنگن میں جاتی ہے۔ گندی۔۔۔۔"

رنگین غباروں کے رنگ غائب ہوتے جا رہے تھے اور صرف سفید رنگ باقی بچ رہا تھا۔ اور پھر وہ سفیدی دھیرے سے اس کے سر پر آ گئی۔ اس نے اپنے سر کے بالوں میں انگلیاں ڈالتے ہوئے سوچا۔ وقت اس زینے پر بہت تیزی سے چڑھ گیا تھا جس پر منا بہت دیر میں چڑھ پاتا تھا۔ اور دور گھر کی چھت پر کھڑا اسے پکار رہا تھا۔ وہ دھیرے دھیرے اوپر آ گیا۔ اور اپنے بوڑھے وجود کو ریلنگ کا سہارا دے کر گہری گہری سانسیں لینے لگا تھا۔ اور وقت آنگن میں کود کر چھلانگیں مارتا ہوا آگے بڑھ گیا تھا۔

اس نے اپنی آنکھیں کھولیں۔ ریاض اور پروین کھیلتے ہوئے دور چلے گئے تھے۔ وہ برامدے سے اٹھ کر آنگن میں آ گیا اور آواز دی۔۔۔۔۔ زری!"

زرینہ باہر برامدے میں آ گئی۔

ادھر آؤ۔۔۔" اس نے پکارا

آج آپ نے مجھے زری کہہ کر کیوں پکارا"۔ وہ قریب آ گئی۔ "سرور اور شاہینہ ہوتے تو"

وہ اس کے نزدیک بوگن ویلیا کے پیڑ کے نیچے آ گئی۔ اس نے زرینہ کے آتے ہی مغرور شاخیں جھنجھوڑ دیں۔ ننھے ننھے موتی ہر طرف بکھر گئے۔ "یہ آپ کو کیا ہو گیا ہے۔" زرینہ نے گھبرا کر کہا۔

اور اس نے صرف ایک قہقہہ لگایا۔ جو بے حد معصوم تھا۔ پھر وہ تیزی سے مہندی کے پودوں کی طرف بڑھا اور بکھری ہوئی پتّیوں کو مٹھی میں بھرنے کے لیے جھکا

"منے۔ چھی۔۔!" منے۔۔۔ توبہ توبہ۔۔۔"

اسے آواز سنائی دی۔ اور اس کا ہاتھ اتنا بھاری محسوس ہوا کہ وہ فوراً اٹھا بھی نہ سکا۔

تتلی کو کسی مضبوط ہاتھ نے پکڑ لیا تھا۔ اس کے رنگ بکھر گئے تھے اور وہ اڑنے کے ناقابل ہو کر زمین پر گر گئی تھی۔ جہاں بہت سے سوکھے ہوئے پھول پہلے سے پڑے تھے۔

ایک جزیرے کی کہانی

ایک بار ایسا ہوا کہ ایک ہوائی جہاز حادثے کا شکار ہو کر ایک سنسان اور غیر آباد جزیرے پر گر پڑا۔ بچنے والے صرف دو مرد تھے۔ دونوں نے ہوش آنے کے بعد غذا کی تلاش شروع کی۔ انہیں جہاز کے ملبے سے سوکھے گوشت کیے تین ٹن مل گئے۔ اگلے دن جہاز کے ملبے میں دو لاشیں بھی شامل تھیں۔

ایک اور بار ایسا ہوا کہ ایک اور ہوائی جہاز اسی طرح حادثے کا شکار ہو کر اسی سنسان جزیرے پر گر گیا۔ اس بار بچنے والی صرف دو عورتیں تھیں۔ ان دونوں کو بھی غذا کی تلاش میں کامیابی کھانے کے دو سر بند ڈبوں کی صورت میں ملی۔ اور اگلے دن جہاز کے ملبے میں دو لاشوں کا اضافہ ہو چکا تھا۔

ایک بار پھر یوں ہوا کہ ایک تیسرا جہاز حادثے کی نذر ہو کر اسی جزیرے پر آ گیا۔ اس بار بچنے والوں میں ایک مرد تھا اور ایک عورت۔ دونوں کو گوشت کا صرف ایک مہر بند ڈبہ ملا۔

اس کے کئی دن بعد حادثے کا شکار ایک اور جہاز اس جزیرے پر گرا تو بچنے والے چھ سات مسافروں کی میزبانی کے لیے کئی خوش اخلاق لوگ ان کو تسلی دے رہے تھے اور ان کو اپنا مہمان بنانے کے لیے بضد۔

اس کے بعد سے کوئی جہاز اب تک اس جزیرے پر نہیں گزرا ہے۔

اجالوں کی ڈگر

"سنو!" میں کہنا چاہتا ہون "گوئٹے نے کہا تھا۔ کہ میں بھی مشرقی ملکوں کے راستے پر گامزن ہوں" تا کہ وہاں پہنچ کر گڈریوں سے مل جاؤں اور مشک و ریشم کی تجارت کرنے والے قافلوں کے ساتھ سفر کروں اور جب راستے کی تکلیف سے تھک جاؤں تو تھوڑی دیر کسی آبادی میں ستا لوں اور پھر پہاڑوں اور جنگلوں کے اس راستے کو ڈھونڈھوں جو شہروں کی طرف جاتا ہے۔"

میں کہنا چاہتا ہوں۔ مگر کوئی نہیں سننا چاہتا۔ سب دھیرے دھیرے گھٹنوں کے بل۔۔۔ پہاڑیوں پر چڑھے جا رہے ہیں چلے جا رہے ہیں، جیسے کسی کی کوئی منزل نہیں ('منزل تو راستوں کی ہوتی ہے۔" کمال نے مجھ سے کہا تھا۔)

دھوپ بے حد تیز ہو گئی تھی اور ہم سے بے خبر۔ تقریباً سبھی نے اپنے سوئٹر اتار کر کاندھوں پر جھولتے ہوئے SACKS میں رکھ لیے تھے۔ اور ایک کے پیچھے ایک چلے جا رہے تھے۔ اکثر کسی وزنی Sack سے کوئی specimen گر جاتا اور اس کے پیچھے والا فرد چپ چاپ اٹھا کر اس sack میں ڈال دیتا۔ سب کے ہاتھوں میں ہتھوڑے تھے جن کا سہارا لیے سب پسینے میں نہائے چلے جا رہے تھے۔ بلندی اور بلندی کی طرف فی الحال تو اس پہاڑی کی چوٹی ہی سب کی منزل تھی اور میں راستے کی گرد اور دھوپ کی گرمی اور سفر کی تکان اور اپنے کام کے احساس سے بے پروا دھیرے دھیرے گنگنا رہا تھا۔ "اے دل تھے

قسم ہے تو ہمت نہ ہارنا۔۔۔۔۔۔۔۔۔"

"سنو سہیل" علیم نے آواز دی۔۔۔۔۔۔"وہی گیت سناؤ۔ لیمن ٹری والا" اور ہم دونوں ساتھ ساتھ گانے لگے۔

Lemon tree, lemon tree-------

lemon tree's very pretty

;and its flowers are so sweet

,but its fruit is so sour

-that's impossible to eat

مگر وہاں کہیں لیموں کے درخت نہیں تھے۔ پائن اور فر کے خشک پتوں کے ڈھیر بکھرے ہوئے تھے۔ راستے میں جو راستہ نہیں تھا۔ راستہ جو راستے سے دور تھا۔ مگر راستہ جو ہمارے قدم بنا رہے تھے، خشک پتوں میں پھسلن تو ہوتی ہی ہے۔ مگر کل کی بارش کی وجہ سے اس پھسلن میں مزید اضافہ ہو گیا تھا۔ اور اب بارش کے بعد فضا میں جو شفافیت پیدا ہو گئی تھی۔ اس کے باعث دھوپ کے تیر ہمارے کاندھوں پر اپنی نوکیں اور بھی تیزی سے چبھو رہے تھے۔ خشک پتوں کی باس تھی۔

"یہ پہاڑی جنگل،" کمال نے کہنا شروع کیا میں اور علیم گیت ختم کر کے یک لخت ہمہ تن گوش ہو گئے۔ "ایسے بھی نہیں ہیں کہ ہم یہ کہہ سکیں

؎ خوشبوؤں کی اداس شہزادی

رات ہم کو ملی درختوں میں

خوشبوؤں کی شہزادی کی موجودگی سے بے پروا علیم نے نعرہ لگایا۔

"پھر تم کو یہ شعر کیوں یاد آگیا ہے؟۔ تو لو یہ بھی سنو۔۔۔۔۔۔۔۔۔

مینہ برسا تو برگ ریزوں نے
چھیڑ دی بانسری درختوں میں "
" کتنی آبادیاں ہیں شہر سے دور
جا کے دیکھو کبھی درختوں میں۔ "
میں نے بھی ایک عدد شعر عرض کر دیا۔
اور ہم سب سے آگے چلتے ہوئے راجندر نے نعرہ لگایا
" چلتے چلتے ڈگر اُجالوں کی
جانے کیوں مُڑ گئی درختوں میں "

اور پھر سب کا راستہ بدل گیا۔ راستہ جو راستہ نہیں تھا۔ اور پھر ہم نے پیچھے مڑ کر دیکھا تو پتہ چلا کہ باقی سارے ساتھی نہ جانے کہاں رہ گئے تھے۔

" بھئی میں تو اس Sandstone اور lime stone کے contact کو ہی منزل سمجھ کر چلا آ رہا تھا۔ اور ہم تو یہاں پہنچ بھی گئے ہیں۔ " راجندر نے صفائی پیش کی۔ اور میں نے کہا۔ " سنو راجندر۔۔۔۔۔۔۔۔۔۔ یہ منزل تو محض لمحاتی ہے۔ ابھی ہم اس Contact کی Reading اور Samples لے لیں گے۔ تو یہ منزل کسی اور ارضیاتی ٹیم کی ہو جائے گی۔ "

" یا ممکن ہے یہاں پھر کوئی نہ آئے "۔ کمال نے مایوسی سے اپنی رائے دی۔

" ہاں۔۔۔ چلو ہم اپنے اپنے نام یہاں کے درختوں پر لکھ دیں " علیم نے مشورہ دیا۔ اور سب سے پہلے اسی نے اپنے Sack میں سے chisel نکال کر ایک درخت کے خشک تنے پر ثبت کر دیا۔ " علیم فاروقی " اور اس کے نیچے ہم سب نے اپنے نام لکھ ڈالے۔

" کمال میر "۔ سہیل احسن "۔ " راجندر سکسینہ "۔ اور پھر راجندر نے آخر میں اپنا نام

لکھتے ہوئے چاروں نام کو بریکٹ کرتے ہوئے لکھ دیا۔ طلبا۔ ایم ایس سی۔ جیولاجی۔ 28 / دسمبر 1972ء"

"۔۔۔۔۔۔۔ ہم اپنے ساتھیوں کو پکاریں۔۔۔۔" اس مقام پر اپنا کام ختم کر لینے کے بعد جانے کمال نے کہا کہ علیم نے۔

"سبحان۔۔۔۔ رمیش۔۔۔۔ علی۔۔۔ آرنلڈ۔۔۔ نجم الدین۔۔۔ خالد۔۔۔ چندریشور"۔ ہم سب نے پکارا۔ مگر کسی کا جواب نہ تھا۔ شاید وہ دوسرے "راستے" سے مڑ کر دوسری پہاڑی پر چلے گئے تھے۔

"آؤ اب لوٹ چلیں۔ ممکن ہے وہ لوگ بھی لوٹتے ہوئے نظر آجائیں" کمال نے مشورہ دیا۔

"بھئی اپنوں کو تو بہت بھوک لگی ہے۔" راجندر نے اپنی پنجابی ذہنیت کے اظہار کے ساتھ اپنے ہتھوڑے اور Sack کو اچھال کر پھینکتے ہوئے اور گھاس پر بیٹھتے ہوئے کہا۔

اور پھر ہم سب کو خیال آیا کہ لنچ پیکٹ ہم میں سے کسی کے پاس نہیں ہے۔ میرا لنچ پیکٹ سبحان کے پاس Sack میں تھا۔ راجندر کا چندریشور کے پاس۔ علیم کا علی کے پاس اور کمال اپنا لنچ پیکٹ کیمپ پر ہی بھول آیا تھا۔

" اب پتہ چلا۔۔ اس چوٹی کو فتح کرنے کا نتیجہ "۔ کمال نے طنزاً راجندر سے کہا۔ کیونکہ اس نے خود کو پارٹی لیڈر بنالیا تھا۔

"میں سوچ رہا تھا کہ یاروں کے پاس کچھ نہ کچھ نکل ہی آئے گا۔ خیر۔ کچھ دیر آرام کر لیا جائے۔ اور پھر کچھ سوچا جائے"۔ راجندر نے کمال کے طنز کو نظر انداز کر کے اپنی لیڈری برقرار رکھی۔

پھر دفعتاً سب کو پیاس محسوس ہوئی مگر سب کی Water bottles خالی تھیں۔ "وہ

دیکھو"۔ علیم نے اشارہ کیا۔ دور ایک پہاڑی آبشار بہہ رہا تھا۔ سب لوگ تیزی سے اپنا سامان اٹھا کر اسی سمت روانہ ہو گئے۔

راجندر گنگنانے لگا۔ "سچ ہے کہا کسی نے کہ بھوکے بھجن نہ ہو"۔ علیم اور میں پھر سرگرمی سے۔ لیمن ٹری۔ لیمن ٹری کی گردان کرنے لگے اور کمال سیٹی میں ہلکے سروں سے پہاڑی راگ کی کوئی دھن بجانے لگا۔ کوئی مانجھی گیت۔ کوئی بھٹیالی گیت۔ مگر ہم اس راستے پر تھے جہاں نہ کوئی بانسری تھی نہ گڈریے، مانجھی نہ بوڑھی گنگا میں ڈولتی کشتیاں، نہ ناریل اور لیموں کے درخت۔

But its fruit is so sour

That's impossible to eat

علیم کا گیت اب بھی جاری تھا۔ اور پہاڑی آبشار بھی جاری تھا۔ نہ جانے کب سے۔ اور ہم اس کے دہانے پر کھڑے ہوئے تھے (ہم سب کسی نہ کسی چیز کے دہانے پر کھڑے ہوئے ہیں۔ کمال نے سخت بے دلی سے سوچا تھا۔)

بہر حال پھر وہاں پانی پیا گیا۔ اور ہم سب نے اس آبشار کے کنارے کے گول گول پتھروں پر بیٹھ کر سگریٹیں پیں۔ سہگل۔ اور پنکج ملک اور گیتا دت اور ملکہ پکھراج کے گیت گائے اور پھر سو گئے۔ ہمیں کچھ احساس نہیں تھا۔ کہ ہم اپنے قافلے سے بھٹکے ہوئے مسافر ہیں۔ شاید ۔۔۔۔ شاید۔ اس لیے کہ ہم ہمیشہ سے بھٹکے ہوئے ہیں۔ یا شاید اس لیے کہ ۔۔۔۔ مگر یہ شاید۔ تو کبھی ختم ہونے میں ہی نہ آتا تھا۔

"شاید تین یا چار بج گئے ہوں گے"۔ راجندر نے آنکھیں کھول کر علیم کو جھنجھوڑا۔ سب جاگ گئے۔ اور سب نے اپنی اپنی گھڑیاں دیکھیں۔ سوا تین بج رہے تھے۔

"اب ہم کو لوٹنا ہے۔ کیمپ کی طرف"

"اگر کیمپ کا راستہ مل جائے۔"

"اگر کیمپ کا راستہ نہ ملے تو۔۔۔۔۔؟

"اگر باقی قافلہ گزر چکا ہو تو۔۔۔۔؟

ہم سب اٹھ کھڑے ہوئے۔ دھوپ کی تیزی کم ہو چلی تھی۔ اور ہم راستہ بھولے ہوئے تھے مگر دھوپ ہم سے بے خبر تھی۔ راستے کی تلاش میں۔ اور ایک راستہ بکریوں کے گلے میں بندھی ہوئی۔۔۔ گھنٹیوں سے گونج رہا تھا۔

"دیکھو وہ کون ہیں؟" کمال نے اشارہ کیا۔

"کشمیری اپنی بکریوں کو لیے واپس لوٹ رہے تھے" آؤ ہم ان کی طرف چلیں۔ ان کو نیچے کی پکی سڑک کا راستہ ضرور معلوم ہوگا"۔

"چلو۔۔۔۔۔۔ چلو"۔

ہمارے وہ کشمیری میزبان۔

"آپ صاحب لوگ کی ہم کیا خدمت کرے۔

"بابا ہم راستہ بھول گئے ہیں۔" میں نے نہایت اطمینان سے حقیقت بیان کی۔

"نیچے کی پکی سڑک تک ہم کو پہنچا دیجئے"۔ راجندر نے پارٹی لیڈر کا فرض ادا کیا۔

"تم کو پہاڑی پر آنے کا کیا ضرورت تھا"۔

"ہم لوگ جیولاجسٹ ہیں بابا۔ اس علاقے کا نقشہ تیار کر رہے تھے۔ مگر اپنے ساتھیوں سے بچھڑ گئے"۔

وہ دونوں آپس میں کشمیری میں بات کرنے لگے پھر بولے۔

"آپ جیسا لوگ ہم نے اور بھی دیکھا تھا۔۔۔۔۔"

"مگر ان کو تو ہم نے بہت سویرے دیکھا تھا۔ آپ لوگوں نے کچھ کھایا کہ نہیں"۔

بزرگ کشمیری نے اچانک اپنا موضوع بدلا " آپ کو ہم بغیر کھلائے رخصت نہیں کریں گے۔ ہمارا گھر بہت ہی قریب میں ہے یہاں سے۔ بس راستہ خراب ہے۔ آپ لوگ چل لے گا"۔

اب تک دونوں مردوں میں جو بزرگ تھا وہی یہ باتیں کر رہا تھا۔ دوسرا خاموش تھا۔ مگر اس بار وہ بولا۔

"ہم ان کو مدد دے گا"۔

اور پھر واقعی وہ راستہ کتنا دشوار گزار تھا۔ نیچے تک عمودی ڈھلان اور قدم جمانے کی بھی مشکلیں۔ مگر ہمارے ان دونوں راہبروں نے ہمارے پیر اپنے پیروں پر رکھوا کر یہ راستہ پار کرا دیا تھا۔ ہم کو اپنے بے ہنگم اور بھاری Hunter shoes ان کی پھٹی ہوئی جلد کے خشک پیروں پر رکھنے میں بے حد تکلیف ہوئی تھی۔ بہر حال اس راسے سے گزرتے ہی ہم ایک گھر کے سامنے تھے۔ یہ لکڑی سے بنی ہوئی چھوٹی سی جھونپڑی تھی۔ جو ایک کھائی کے کنارے واقع تھی۔ اور راستے کے لیے ایک درخت کا موٹا سا تنا اس گہرائی میں ڈالا گیا تھا۔ ایک لڑکی بڑے اطمینان سے اس پل پر بیٹھی ہوئی شرماتی ہوئی آنکھیں جھپک جھپک کر ہم لوگوں کو دیکھ رہی تھی۔ اور اس کے ہاتھ میں بانسری تھی۔

پھر ہم بکریوں کا دودھ پی رہے تھے۔ جس میں زعفران کی خوشبو تھی۔ اور شکر کے علاوہ خلوص کی مٹھاس تھی اور کانوں میں بانسری کی تانیں تھیں۔ اور دو مہربان چہرے تھے۔ اور ایک گول چہرے والی پیاری سی لڑکی کا وجود تھا۔ اور اس کے سرخ ڈھیلے ڈھالے پھیرن کی بڑی بڑی جیبوں میں۔۔۔ خوبانیاں تھیں۔ کتنا سکون تھا یہاں۔ (ہمین است و ہمین است و ہمین است "۔ میں نے سوچا،

پھر تو جوان مرد نے کشمیری گیت چھیڑ دیا۔

"شام ہو رہی ہے۔

اور سورج کی کرنوں نے سفید بکریوں کی پیٹھ کو پیلا کر دیا ہے۔

اور بادام کے پیلے پیلے پھول بھی میرے ساتھ تیرے منتظر ہیں

کہ تو اپنی پھیرن میں چاند سورج چھپا کر آ جائے گی۔

تو یہاں سورج اور چاند کے بغیر بھی اُجالا ہو جائے گا"۔

اور سورج غروب ہو رہا تھا۔

کچھ دیر بعد ہم اپنے میزبانوں کی معیت میں آگے چلے جا رہے تھے۔ سڑک پہنچ کر ہم نے ان کو رخصت کیا۔ ہم نے سوچا تھا ہم ایک ایک روپیہ فی کس ان کو دے دیں گے۔۔۔ مگر۔۔۔

"صاحب مہمان تو رحمت کے فرشتے ہوتے ہیں۔ ہماری اللہ تعالیٰ سے دعا ہے کہ ہمارے گھر ہر وقت فرشتے رہیں"۔ بزرگ مرد نے ہم سے کہا تھا اور پھر اپنے صافے کے کونے سے آنکھیں پونچھیں "مگر غریب آدمی کے گھر تو مہمان بھی نہیں آتے"۔

اور پھر ہم لوگ چلے جا رہے تھے۔ ہم کو اپنے خیمے نظر آ گئے تھے۔ وہاں کھانا شروع ہو چکا تھا بس قافلے کے نگراں صاحب شاید ہم لوگوں کی غیر موجودگی سے فکر مند رہے ہوں گے مگر باقی کچن کہلائے جانے والے خیمے سے اپنا حصہ لا کر بے فکری سے کھا رہے تھے۔ ان کو یہ بھی پتہ نہیں تھا کہ ان پہاڑوں میں ایسی اجالوں کی ڈگر ہے جہاں بانسری کے لہرے ہیں۔ زعفران کی خوشبو ہے محبت ہے۔ خلوص ہے۔ انہیں کیا پتا ہے کہ ان سے اتنے قریب کچھ لوگ رحمت کے فرشتوں کے منتظر ہیں۔

اور اب ہم کیسی ڈگر پر آ گئے ہیں۔

چلتے چلتے ڈگر اجالوں کی۔

جانے کیوں مڑ گئی درختوں میں

میں نے اپنے آپ سے کہا تھا اور ہم لوگوں نے عجیب بے ڈھنگے پن سے اپنا سامان اپنے خیمے کے فرش پر پھینک دیا تھا۔

پہلا اور دوسرا احساس

اسے دور سے آتی ہوئی نرس دکھائی دے رہی تھی۔ اس نے گھڑی دیکھی۔ صبح کے دس بج چکے تھے۔ یہ وقت اس کے انجکشن لگنے کا تھا۔ اور نرس شاید اسی مقصد سے اس کے پلنگ کی طرف آ رہی تھی۔

"نرس۔۔ مس جوزف!" کافی دور سے ڈاکٹر شرما کی بھاری آواز سنائی دی۔

"بیڈ نمبر بارہ کو انجکشن لگا کر آتی ہوں"۔ بیڈ کے پاس سے آواز آئی۔ نرس آ چکی تھی اور اس کا بازو پکڑ کر انجکشن لگانے ہی والی تھی "سسٹر" اس نے کہا "میرا نام وجے ہے۔ وجے۔ بیڈ نمبر بارہ نہیں۔۔۔۔"

"ہم کس کس کے نام یاد رکھیں بابا۔ ہمارے لیے تمہارا بیڈ نمبر ہی کافی ہے" نرس نے خالی سرنج کی سوئی اس کے بازو سے نکالی۔

"مگر سسٹر۔۔ یہاں اس وارڈ میں تو مریض زیادہ نہیں ہیں نا۔۔ یہاں تو۔۔۔۔۔۔

"مگر تم ہو تو بیڈ نمبر بارہ پر نا۔۔۔ بس ہم یہ جانتے ہیں کہ تم بیڈ نمبر بارہ ہو۔۔۔"

وہ انجکشن لگا کر چلی گئی۔ اس آئسولیشن وارڈ میں اس کے علاوہ دوسرا مریض تھا ہی کون۔ وہ بے مقصد ادھر ادھر دیکھنے لگا۔ وہی ماحول، وہی ماحول کی یکسانیت۔ وہی بستر کے قریب کھڑکی۔ کھڑکی میں وہی باہر کا منظر۔۔ سٹریچر پر ایک مریض کو اندر لایا جا رہا تھا جس کی ننگی سوکھی ٹانگوں پر گھٹنے کے پاس بڑے سے زخم سے پیپ رس رہی تھی اور مکھیاں

بھنبھنا رہی تھیں۔ یہاں تک بو نہیں پہنچ رہی تھی، مگر پھر بھی اسے متلی سی محسوس ہوئی۔

"ہونہہ" اس نے گردن جھٹک دی اور کھڑکی بند کر دی پھر اس نے خود کو یاد دلایا۔

"میرا نام وجے ہے۔۔۔ وجے ہے۔۔۔۔ وجے ہے۔ نمبر بارہ نہیں"۔ وہ کہنا چاہ رہا تھا۔ مگر اس کی آواز مسلسل کھانسی میں دب گئی۔ وہ کل ہی یہاں آیا تھا۔ اس اسپتال میں۔ اور اب نہ جانے کتنے دن یہاں رہنا ہوگا۔ وہ آنے والے دنوں کی اذیت کے احساس سے پریشان ہو گیا۔

وہ مسلسل کھانس رہا تھا۔ اس کا بخار بھی اس وقت شدت پر تھا۔ نرس اچانک آئی اور پھر چلی گئی۔ اور پھر نرس کے واپس آنے سے پہلے اس کی آواز آ گئی۔ آواز کی رفتار بہر حال انسانی رفتار سے تیز ہوتی ہے۔

"ڈاکٹر۔۔ بیڈ نمبر بارہ کو دیکھ لیجیے۔ اس کو بخار بڑھ گیا ہے"۔

"تم چلو۔ میں آتا ہوں" یہ ڈاکٹر کی آواز تھی۔ اس کے ذہن میں پھر یہ خیال کلبلانے لگا۔ "میرا نام وجے ہے۔ بیڈ نمبر بارہ نہیں۔ میرا نام وجے ہے بیڈ نمبر بارہ نہیں۔۔۔ میرا نام۔۔۔۔۔" مگر نرس کے ساتھ ڈاکٹر فوراً نہیں آیا۔ صرف نرس آکر چپ چاپ ٹمپریچر گراف اٹھا کر لے گئی۔ پھر ڈاکٹر آیا۔ کچھ دیر تک وہ اسے دیکھتا رہا۔ اب اس کی کھانسی بند ہو گئی تھی مگر سانس دھونکنی کی طرح چل رہی تھی۔ پھر ڈاکٹر کے قدموں کی آواز آئی۔ وہ جا رہا تھا۔ پھر آواز آئی۔ وہ سسٹر سے کہہ رہا تھا۔ "نمبر بارہ کو سٹرپٹومائسین کا ایک اور انجکشن ابھی دو۔ ان میں دو بار کی جگہ تین بار کر دو۔۔۔"

اور وہ اس ماحول کو کوسنے لگا۔ ماحول جس نے یکسانیت اور مونوٹونی کو جنم دیا ہے۔ جس نے اس کا نام بدل دیا ہے اور اب وہ صرف ایک بستر ہے اور ایک ہندسہ۔

وہ سوچنے لگا۔ وہ اب اس دنیا میں اکیلا ہے۔ کاش اس کی ماں اس وقت زندہ ہوتی۔ جو اس کے بچپن میں ہی سورگ سدھار گئی تھی۔ کاس اس کا باپ زندہ ہوتا مگر وہ بھی کچھ عرصے بعد اسے اکیلا چھوڑ گیا تھا۔ نرس آئی اور انجکشن لگا کر چلی گئی۔ اس نے پھر سوچ کی کڑیاں ملائی شروع کیں۔ اگر اس کے ماں باپ زندہ ہوتے تو وہ یہاں آنے اور اس کا نام لیتے۔ اس بڑے اسپتال والے بڑے شہر میں تو اس کے وہ دو چار دوست بھی نہیں ہیں۔ یہاں تو اس وقت وہ صرف ایک ہندسے میں سمٹ گیا ہے۔ نمبر بارہ۔۔۔ ایک دہائی اور دو اکائیاں۔

اس نے کھڑکی سے باہر کا منظر دیکھا۔ اسپتال سے ایک لاش لے جائی جا رہی تھی۔ اس نے آنکھیں بند کر لیں اور منہ موڑ لیا۔ اور پھر وہی کمرہ تھا۔ وہی بستر تھا۔ جس پر ایک کارڈ بورڈ پر لکھا ہوا نمبر بارہ۔ پہلے اس کا جی چاہا کہ وہ زور زور سے چیخے۔ 'میں وجے ہوں۔۔۔ میرا نام وجے ہے۔ بیڈ نمبر بارہ نہیں'۔ مگر پھر اسے ایک اور احساس پیدا ہوا۔۔ "ہاں۔۔۔ میں ایک ہندسہ بھی تو ہوں۔ بیڈ نمبر بارہ۔۔۔۔

ڈاکٹر اس کے بستر کی طرف آ رہا تھا۔ یہ اس کے آنے کا وقت نہیں تھا۔ مگر وہ اس وقت نرس کے بلانے پر آیا تھا۔ ابھی تھوڑی دیر پہلے ہی تو نرس کی آواز آئی تھی۔ "بیڈ نمبر بارہ کا بخار اب ہلکا ہے۔ Prescription میں کچھ changes کیجیے گا۔۔۔؟"۔ اور اب ڈاکٹر شرما اس کے پاس کھڑا پوچھ رہا تھا۔۔۔ "کیا حال ہے بھئی۔۔۔"

مگر اس نے حال بتانے کی بجائے صرف اتنا کہا۔۔۔ "ڈاکٹر۔۔۔ میرا نام وجے ہے۔ بیڈ نمبر 12 نہیں۔۔" یہ ذہن کا پہلا احساس بول رہا تھا۔

"لیکن ہاسپٹل میں تو ہر شخص کو وارڈ نمبر اور بیڈ نمبر کے حساب سے ہی یاد رکھا جا

سکتا ہے۔"

"ٹھیک ہے۔ اسپتال کا ماحول ہی ایسا ہوتا ہے کہ ایک نام کو ہندسے میں تبدیل کر دیتا ہے۔" دوسرے احساس نے اسے یاد دلایا۔۔ اس نے یوں ہی کھڑکی کی طرف دیکھا۔ ایک لاش لے جائی جا رہی تھی۔ اس کچھ تکلیف تو ہوئی۔ مگر اس نے نظریں نہیں پھیریں اور کھڑکی بھی کھلی ہی رہنے دی۔

اس وقت وہ اکیلا تھا۔ نرس یہاں سے ابھی گئی تھی اور ڈاکٹر کو رپورٹ دے رہی تھی۔ "بیڈ نمبر 12 کا ٹمپریچر نارمل ہے۔ کھانسی بھی کم ہے۔ اب وہ ہیلتھ کی طرف جا رہا ہے "۔ اس کا پہلا احساس سو چکا تھا۔ دوسرا احساس جاگ گیا۔ اس نے پلنگ پر تختی دیکھی۔ بیڈ نمبر 12۔ ٹمپریچر گراف دیکھا۔ اور سوچا کہ اب اسے اس خوفناک ماحول سے نجات مل جائے گی۔ وہ تندرست ہو رہا ہے۔ یہ ماحول جس نے اس کے۔۔۔۔۔۔ پھر اس نے آس پاس دیکھا۔ مگر کہاں ہے خوفناک ماحول۔ کس قدر سکون ہے یہاں۔ ہر شے سفید اور پاک صاف۔ کھڑکی کے باہر ہرا بھرا لان۔ کتنا حسین لگ رہا ہے۔ یہ افسردہ ماحول سہی۔ مگر افسردگی بھی کتنی اچھی ہے۔

اب وہ مکمل طور پر تندرست ہو گیا ہے۔ اس عرصے میں اسے آوازیں آتی رہیں۔ "نمبر 12 کو پھل اور دودھ کی Diet بڑھا دو"۔۔ پچھلے ہفتے سے بیڈ نمبر 12 کا وزن تین پاؤنڈ بڑھ گیا ہے"۔

اور آج وہ ڈسچارج ہو رہا تھا۔ ڈاکٹر نے اس کو پھر چیک کیا۔ "آپ کا نام ؟" نرس کے ہاتھ میں ڈسچارج شیٹ تھی۔

"بیڈ نمبر بارہ"۔ اس نے پر سکون لہجے میں جواب دیا۔

"بیڈ نمبر نہیں۔ نام بتایئے" ڈاکٹر شرما نے کچھ جھنجھلا کر کہا۔

"ہاں۔ میرا نام بیڈ نمبر 12 ہے" اس نے سختی سے کہا۔ اور کھڑکی سے جھانکا۔ ایک لاش لے جائی جا رہی تھی۔ ایک بڑھیا کو پیٹھ پر لادے ایک آدمی اندر آ رہا تھا۔ وہ بغیر نوٹس لیے بے تعلقی سے یہ عمل دیکھتا رہا۔

بس ایک اور دن

اس نے ماچس کی تیلی بجھا کر چائے کی خالی پیالی میں ڈال دی۔ پیالی میں بچی ہوئی چائے اور چائے کی پتیاں اور دو سگریٹوں کے ٹکڑے اور تین ماچس کی تیلیاں پہلے سے موجود تھیں۔ آج سے پہلے وہ وہاں کبھی نہیں آیا تھا۔ یہ ریستوراں اس کے لیے بے حد اجنبی تھا مگر وہ یہ محسوس کرنے کی کوشش کرنے لگا جیسے وہ پہلے بھی یہاں آیا ہے۔ یہاں کے بغیر وردی کے ویٹرس کو، ریستوراں کے ایک کونے کے کاؤنٹر پر بیٹھے ہوئے مالک کو جو بار بار اپنی عینک اتار کر اس کے دھندلے شیشوں کو میلے سے رومال سے صاف کر رہا ہے، ان سب کو اس نے پہلے بھی کبھی دیکھا ہے۔ اسے ان رومانی ناولوں کا خیال آیا جن میں ہیرو ہیروئن سے یہ کہتا ہوا دکھایا جاتا ہے کہ "مجھے ایسا محسوس ہوتا ہے کہ جیسے میں نے تم کو پچھلے جنم میں دیکھا تھا۔ تم نہ جانے کتنے سو کتنے قبل مسیح میں توتن خامن یا کسی اور فرعون مصر کے اہرام کے کسی اندرونی کمرے کی طاق میں چربی کے چراغ جلا رہی تھیں اور میں تم کو دیکھ رہا تھا"۔ یا پھر ان فلمی منظروں کی طرح جس میں ہیرو، ہیروئین کے دوپٹے کو اپنی انگلی میں لپیٹ کر اس سے کہتا ہے کہ 'ہم پہلے خوابوں میں ملے تھے۔ اور آج تم کو حقیقت میں دیکھ رہا ہوں۔ اور دونوں بغیر کسی آرکسٹرا کے فی البدیہہ شاعری کر کے گانا شروع کر دیتے ہیں۔

'ہونہہ اس نے اپنا سر جھٹک دیا۔ یہ رومانی اور بچکانہ خیالات۔۔۔۔ اس کی پرانی

زندگی کے تھے۔ پرانی زندگی جو نہایت جذباتی تھی۔۔بچکانی اور بھونڈی۔۔۔

"دو چائے اور چار سموسے" اس کے پیچھے والی میز پر بیٹھے ہوئے دو آدمیوں میں سے ایک کی کرخت آواز نے اس کے خیالات کو منتشر کر دیا۔ مگر پھر اس نے سوچ کے تانے بانے ملائے۔ "پرانی زندگی۔۔۔ جو کب سے ایک ہی راستے پر چلی جارہی تھی۔ بالکل طے شدہ۔۔ صبح نو بجے ناشتے کے لیے جلدی مچاتے ہوئے سُمترا سے لڑنا۔ اور ماں سے اس کی شکایت کرنا۔ اور پھر سائیکل اٹھا کر فائلوں کو اپنا خون پلانے دفتر کے لیے چل دینا۔ راستے۔ وہی روز کے جانے پہچانے راستے۔ راستے میں ملنے والے وہی جانے پہچانے لوگ جن میں سے کچھ کو وہ سلام کرتا، کچھ اسے سلام کرتے۔ کچھ کو وہ محض پہچان کر دوسری طرف دیکھنے لگتا۔ کچھ اسے پہچان کر منہ موڑ لیتے۔ ہ شکل آشنا کو تو سلام نہیں کیا جا سکتا نا!۔ پھر ایک مسکراہٹ کی نقاب اسے اپنے چہرے پر چڑھانی ہوتی۔ زبردستی وہ لوگوں کو بتاتا۔ "ٹھیک ہے سب"۔ "بس۔۔۔ گزر رہی ہے"۔ "آپ کی دعا ہے" انہیں وہ یہ نہیں کہتا کہ ماں کو پھر رات کو دورہ پڑا ہے۔ بہن کے لیے آیا ہوا ایک اور رشتہ ختم ہو گیا کیونکہ لڑکا فرج اور اسکوٹر مانگ رہا تھا۔ مگر وہی چند گنے چنے فقرے ہر بار اس کی زبان سے پھسل جاتے جیسے واقعی سب خیریت ہے۔ پھر دس بجے تک دفتر کے باہری پھاٹک پر سائیکل سے اترتے ہی بوٹ پالش والا لڑکا ہمیشہ سوال کرتا "صاحب پالش" اور وہ ہمیشہ ٹالتا ہوا اندر چلا جاتا۔۔ وہاں۔۔۔ پھر وہی دفتر کے ساتھی۔ پھر وہی کچھ گنے چنے فقرے اسی کی زبان پر آتے 'کیا حال ہے۔ 'کیسی گزر رہی ہے'۔ سب خیریت ہے۔۔۔۔" ہونہہ۔ بلکہ ہو وو ،ہنہہ۔ سب خیریت ہے۔ پھر دفتر کی فائلیں۔ صاحب کی گھنٹی۔ جب اسے سگریٹ بجھا کر صاحب کے کمرے میں جانا پڑتا۔ کل وہ دفتر جا کر صاحب سے ملے گا اور ان کے سامنے بے تکلفی سے سگریٹ پیئے گا۔

"یہ ایک روپیہ پچاس پیسے، پندرہ پیسے تمہاری ٹپ" پڑوس کی میز سے آواز آئی۔ اور وہ رک کر پھر سوچنے لگا۔ وہ کل صاحب کے سامنے سگریٹ ضرور پیئے گا۔ اسے اس خیال سے بڑی خوشی ہوئی۔ لنچ کے وقفے میں دفتر کے سارے لوگ صاحب کی برائیاں کرنے، نئی اسٹینو سے اس کے عشق کی داستان نمک مرچ لگا کر بیان کی جاتی۔ وہ محض کینٹین میں جا کر بیٹھ جاتا اور بیرا اس کے سامنے ایک آملیٹ اور چار سلائس خود ہی رکھ جاتا۔ اسے آرڈر دینے کی ضرورت نہیں تھی۔ کل وہ جب دفتر صاحب کے سامنے سگریٹ پینے جائے گا تو کینٹین میں جا کر کچھ اور چیز کھائے گا۔ مٹن چاپ۔ پنیر پکوڑا۔ یا کوئی پیسٹری پھر اسے خیال آیا وہ اب تک اپنے پرانے صاحب کو صاحب کے نام سے یاد کر رہا ہے۔ نہیں۔۔ اب وہ اسے محض پوار صاحب کہے گا۔ ہو گا سالا کسی اور کا صاحب۔ ان تمام بیوقوفوں کا صاحب جو دن بھر روٹین ورک کرتے رہتے ہیں اسی کی گھنٹی پر چونک جاتے ہیں اور اپنی سگریٹ بجھا دیتے ہیں۔ بلکہ وہ کل پوار کو بھی سگریٹ آفر کرے گا۔ اسے خوشی ہوئی کہ اس بار اس نے اپنے پرانے صاحب کو پوار صاحب ہی نہیں، صرف پوار کے نام سے یاد کیا۔ "تین کوکا کولا۔ پہلے پانی۔۔۔" پڑوس کی میز پر کچھ اور لوگ آ گئے تھے۔ تو کل وہ دفتر صرف پوار سے ملے گا، اس نے پھر سوچا۔ وہ رام بھروسے شرما اور آلوک چودھری اور نعیم الحسن کے پاس نہیں بیٹھے گا۔ وہ لوگ خود ہی روٹین والی باتیں کریں گے۔ اپنے اگلے اِنکریمنٹ کی، پرموشن نہ ہونے کی، پراوڈنٹ فنڈ کی، مکان کے کرائے کی اور بجلی کے بل کی اور بیویوں کی ساڑیاں اور زیورات خریدنے کی اور پھر اسے مشورہ دیں گے کہ وہ جلدی سے شادی کر لے اور اسے کہیں گے کہ وہ کسی دن وندنا سے انہیں ملوائے۔

وندنا۔۔۔ اس نے اپنی پینٹ کی دائیں جیب میں ہاتھ ڈالا اور ایک پرچہ محسوس کیا۔ کچھ دیر تک وہ اپنی جیب میں ہی اس پرچے کو محسوس کرتا رہا جیسے وندنا کو چوری چھپے چوم

رہا ہو۔ کچھ دیر بعد اس نے وہ پرچہ نکالا اور بارہویں بار پڑھا" کل ریلوے سٹیشن کے بس سٹاپ پر ملوں گی۔ شام چھ بجے۔۔ وندنا" 'صاحب بل' پڑوس کی میز سے آواز آئی۔ اس نے پرچہ پھر پڑھا" کل ریلوے۔۔۔۔۔۔" اس نے۔ پرچہ پھاڑ کر ٹکڑے ٹکڑے کر کے ایش ٹرے میں ڈال دیا اور اگلی سگریٹ جلانے کے بعد ماچس کی تیلی ایش ٹرے میں ڈال کر اس پرچے کے شعلے اور پھر راکھ میں تبدیل ہونے کا تماشہ دیکھتا رہا۔ یہ بھی سب بچکانہ پن ہے۔ ہر دوسرے تیسرے دن وندنا سے ملاقات۔ کسی بس سٹاپ پر، کسی کافی ہاؤس میں۔ کافی کی تلخی کے ساتھ زبردستی کی بات چیت۔ اب تک وہ اس سے کتنا جھوٹ بولتا رہا ہے۔ یہاں تک کہ اس نے کہا تھا کہ وہ وندنا کے بغیر جی نہیں سکے گا۔ مگر یہ تو شاید وہ وندنا کی شادی کے بعد کسی اور وندنا، وسنتا یا وملا سے بھی کہہ دے گا۔ اس کے ہونے یا نہ ہونے سے اس کے مرنے جینے پر کوئی اثر نہیں پڑے گا۔ اسے وندنا سے کبھی محبت نہیں تھی۔ بس خوش شکل لڑکی ہے۔ اگر اس سے اسے محبت تھی تو وہ شاید یہ محض لمحاتی جذبہ تھا جو ایک عرصے سے ڈیپ فریز میں رکھا تھا۔ اب وہ اس جذبے کو نکال کر پھینک دے گا۔ اب وہ وندنا سے بھی نہیں ملے گا۔ مسکرایا۔ اسے خوشی ہوئی کہ اب اس نے اپنی پرانی زندگی کی جذباتیت سے چھٹکارا پا لیا ہے۔ اس نے ایک اور ماچس کی تیلی چلائی اور اسے بجھا کر ایش ٹرے میں پڑے سگریٹ کے ٹکڑوں کو اندر ہی اندر کریدتا رہا۔

" تین چائے۔" ایک میز سے آواز آئی۔ پھر ٹن ٹن ٹن ٹن ٹن۔ وال کلاک نے پانچ بجائے۔ وہ چونک گیا۔ ہوں۔۔۔ تو ابھی پانچ بجے ہیں، ابھی کل تک وہ اس وقت کا نہایت بے چینی سے انتظار کرتا تھا۔ اور اپنی فائلیں بند کر کے اپنی میز سے اٹھ کر دوسرے لوگوں سے الٹی سیدھی روزمرہ کی باتیں کرتا ہوا باہر نکل آتا تھا اور پھر سائیکل اٹھا کر گھر کے لیے، یا کسی ریستوراں کے لیے، کچھ خریدنے کے لیے یا وندنا سے ملنے کے لیے روانہ

ہو جاتا تھا۔ اور آج۔۔ وہ آرام سے یہاں پانچ بجے بیٹھا ہوا ہے۔ اسے کسی کام کی جلدی نہیں ہے۔ اسے یہاں سے کہیں نہیں جانا ہے اسے 6 بجے سے پہلے پہلے ریلوے اسٹیشن کے بس اسٹاپ پر بھی نہیں پہنچنا ہے۔ کل اسے پھر دس بجے بھاگ کر دفتر بھی نہیں جانا ہے۔ مگر ماں سے کیا کہے گا۔۔۔ آج تو اس نے ایک بجے گھر آکر کہہ دیا تھا کہ اس نے چھٹی لے لی ہے۔ اپنے استعفے کی بات وہ ماں سے نہیں کہہ سکا تھا۔ مگر کیا یہ جذباتیت نہیں تھی، اس نے ماں کو کیوں نہیں بتا دیا۔ خیر۔ آج رات کو وہ کہہ دے گا کہ اس نے استعفیٰ دے دیا ہے اور اب گھر کا جو حال ہو، اس سے اس کا کوئی تعلّق نہیں۔ مگر ماں کو تسلی دی جا سکتی ہے کہ وہ جلد ہی دلّی جائے گا اور وہاں اسے دوسری بہتر نوکری ملنے والی ہے۔

اب ہوٹل کی ساری میزیں اچانک آباد ہو گئی تھیں۔ اور بے حد شور ہونے لگا تھا۔ پہلے اسے یہ محسوس کر کے خوشی ہوئی کہ اس شور سے اس کا کوئی تعلق نہیں ہے۔ کیونکہ وہ اکیلا ہے پھر اسے اچانک محسوس ہو کہ۔ شور بڑھتا جا رہا ہے۔ اس نے محسوس کیا کہ وہ ایک پل بھی اس ریستوراں میں نہیں بیٹھ سکتا۔ اس نے وال کلاک کی طرف نظریں اٹھائیں، ساڑھے پانچ بجنے والے تھے۔ وہ اٹھا اور چپ چاپ کاؤنٹر پر ہی جا کر بل مانگ کر پیسے ادا کیے۔ پھر باہر آکر کچھ دیر وہ ریستوران کے دروازے پر کھڑا رہا۔ باہر اسے کافی کھُلا کھُلا سا محسوس ہوا۔ اس نے اِدھر اُدھر کی دوکانوں پر نظر ڈالی۔ سامنے ایک بک سٹال تھا۔ اس نے سوچا کچھ رسالے وغیرہ ہی دیکھے جائیں۔ تیزی سے اس نے سڑک پار کی۔

جیسے ہی وہ بک اسٹال پر پہنچا۔ باہر ہی لٹکے ہوئے رسالوں میں اسے 'فیمنا' کا نیا شمارہ نظر آیا۔ اسے یاد آیا کہ وہ یہ رسالہ سمترا کے لیے خریدتا ہے اس نے وہ شمارہ خرید لیا۔ پھر سوچنے لگا ماں کے لیے گیتا کا کوئی نسخہ لیتا چلے ماں نے اس سے کئی بار کہا بھی ہے۔ اس نے یہ بھی لے لیا۔ اور وندنا کے لیے۔۔۔ اسے بھی بہت دن سے کوئی تحفہ نہیں دیا ہے کیوں

نہ وہ اس کے لیے بھی ڈینس رابنس کا کوئی ناول خرید لے۔ پچھلا والا 'I should have known' اسے کتنا پسند آیا تھا۔ جب وہ یہ سب خرید چکا تو پیسوں کے لیے اس نے غلطی سے اپنی پتلون کی دائیں جیب میں ہاتھ ڈالا، اس میں اب کچھ نہیں تھا۔ اس نے اپنا دایاں ہاتھ اسے جیب میں رہنے دیا اور پھر کتابوں رسالوں کو بغل میں دبا کر بائیں ہاتھ سے پتلون کی بائیں جیب میں ہاتھ ڈال کر پیسے نکالے اور کتابوں رسالوں کی قیمت ادا کی۔ مگر اس کا دایاں ہاتھ ابھی بھی پتلون کی دائیں جیب میں تھا جو خالی تھی۔ "کل ریلوے سٹیشن ---------" اچانک اسے محسوس ہوا کہ اس کی اس جیب کے خلا نے اسے چاروں طرف سے جکڑ لیا ہے۔ وہ مکڑی کے جالوں میں الجھتا جا رہا ہے وہ خود ایک ننھی مکھی ہے اور بڑی سی کوئی مکڑی اسکے گرد جالہ بنتی ہوئی چلی آ رہی ہے، اس جالے کا مرکز اس کی پینٹ کی خالی دائیں جیب ہے۔ اور جالا بڑھتا جا رہا ہے بڑھتا جا رہا ہے، بڑھتا جا---------

----

ایک ٹوٹا ہوا دن

کورٹ سے نکل کر شالنی نے اپنے پر قابو پانے کی کوشش کی۔ اب سب کچھ ٹھیک ہو جائے گا۔ اس نے سوچا۔ اور دھیرے دھیرے سڑک پار کرتی ہوئی بس سٹاپ پر آ کر کھڑی ہو گئی۔ اسے اپنے گھر جانے کے لیے تیرہ نمبر کی بس کا انتظار تھا۔ اس نے اپنی بس کو آتے ہوئے دور سے دیکھ لیا تھا اور وہ کیو میں لگ گئی تھی۔ شالنی کے آگے ایک عورت اور کھڑی تھی۔ اور اس کے آگے تین مرد۔ پھر کالج کی لڑکیاں اور ان کے آگے والی عورت بس میں چڑھنے لگی تب اسے پتہ چلا کہ اس عورت کے ساتھ ایک بچّی بھی تھی جو اسے اب تک کیو میں نظر نہ آئی تھی۔ پیاری پیاری بھولی بھالی سی۔ کوئی چار پانچ سال کی عمر کی۔ بالکل سُمن کی طرح۔ اس نے سوچا۔ کنڈکٹر چیخا 'جلدی جلدی بہن جی'۔ عورت نے بچّی کو ایک ہاتھ سے گود میں اٹھایا اور دوسرے ہاتھ سے بس کے دروازے کے ہینڈل کو تھاما۔ مگر اس کی گود کی بچی کچھ اسی طرح پھسلنے لگی کہ اس عورت کو دوسرے ہاتھ سے پھر اسے سنبھالنا پڑا۔ بالکل سُمن کی طرح چلبلی اور بے چین۔ شالنی نے پھر سوچا۔

" آپ بیٹھیے میں بچی کو چڑھاتی ہوں " شالنی نے اپنے آپ کو کہتے ہوئے پایا۔ اور جب وہ بچی اور عورت کو سوار کرا چکی تھی تو اس کے پیچھے کی دو تین لڑکیاں بھی جلدی سے بس میں سوار ہو گئی تھیں جن کو کیو میں لگنے ہوئے شالنی اب تک دیکھ نہیں سکی تھی۔ پھر نہ جانے کیا ہوا کہ شالنی کو جب احساس ہوا تو بس بہت دور نظر آ رہی تھی۔ ایک لمحے کو

اس نے محسوس کیا کہ جیسے وہ محض اس عورت اور اس کی بچّی کو بس میں سوار کرانے کے لئے بس سٹاپ تک چلی آئی تھی اور اسے کہیں نہیں جانا تھا۔ مگر جب یہ لمحے بھر کا احساس زائل ہوا تو وہ عجیب سا محسوس کرنے لگی۔ اسے شرمندگی ہوئی کہ وہ ابھی تک خود پر قابو نہیں پا سکی ہے۔ مگر پھر خود کو اطمینان دلایا۔ راکیش کے ساتھ شادی کے بعد پھر سب کچھ ٹھیک ہو جائے گا۔

کچھ دیر تک وہ وہیں کھڑی رہی۔ کچھ ایسے جیسے اسے کسی بس کا انتظار ہی نہ ہو۔ ایک بس آئی بھی تھی مگر اس نے اس بس کا نمبر تک نہیں دیکھا۔ وہ پیچھے کورٹ کی چار دیواری کی طرف دیکھتی رہی۔ آج سے چھ سال پہلے بھی وہ نریندر کے ساتھ یہاں پہلی بار آئی تھی۔ سول میرج کے لیے۔ اور آج دوسری بار طلاق کے لیے۔ اور اب شاید تیسری بار پھر آئے۔ راکیش کے ساتھ۔ اگلے مہینے ہی تو راکیش انگلینڈ سے لوٹ آئے گا۔

وہ بس سٹاپ کے پاس پڑی بینچ پر بیٹھ گئی۔ اس فیصلے کے ساتھ کہ اب اسے گھر جانے کی بھی کیا جلدی ہے۔ محض اپنے لیے کھانا پکانا ہی تو ہے۔ اور آج وہ اپنا کھانا ٹال بھی سکتی ہے۔ جب کوئی بس تیزی سے آ کر قریب رکتی تو اسے ہوش آتا اور وہ محسوس کر کے شرمندہ ہو جاتی کہ وہ مستقل کورٹ میں آنے جانے والے مردوں اور عورتوں کو دیکھ رہی تھی۔۔۔۔۔۔

ایک بھولی بھالی سی لڑکی جس نے نیوی بلو ساری باندھ رکھی تھی۔ اور جس کے بال بے حد لمبے تھے (بنگالی ہو گی۔ شالنی نے دل میں سوچا) اور جس کی آنکھیں ہر وقت سپنے دیکھتی محسوس ہو رہی تھیں، ایک لڑکے کے ساتھ اندر جا رہی تھی۔ لڑکا تندرست سا تھا چاکلیٹی رنگ کا سوٹ پہنے۔ نریندر بھی اس زمانے ایسا ہی تھا۔ شالنی کو یاد آیا اور وہ۔۔۔

اس کے بال بھی تو کافی لمبے تھے تب۔ وہ ہاتھ پیچھے لے جا کر اپنی سر کی چوٹی کو سامنے لے آئی۔ اب کتنے کم ہو گئے ہیں بال۔ راکیش تو کہتا ہے کہ کٹوا ہی لو۔ خیر۔ اس کے آنے میں ابھی بہت دن ہیں، دیکھا جائے گا۔ وہ بالوں کی طرف سے بے حد بے پروا بھی تو ہو گئی ہے۔ مگر پہلے اس کے بال کیسے گھنے اور لمبے تھے۔ اور وہ اسی طرح نریندر کے ساتھ کورٹ کے اندر بے حد اعتماد کے ساتھ داخل ہوئی تھی۔

وہ دن جولائی کا ایک بھیگا بھیگا سا دن تھا۔ شالنی اور نریندر دونوں نے اپنے اپنے کالجوں سے چھٹّی لے لی تھی۔ اور صبح ہلکی ہلکی پھوار کے باوجود دونوں رین کوٹس لیے اپنا گھر سجانے کی شاپنگ کرنے نکل پڑے تھے۔۔۔ اس نے صوفہ سیٹ کا کپڑا اور رنگ پسند کیا تھا۔ ڈائننگ ٹیبل اور گودریج کی وارڈروب کا آرڈر دیا تھا۔ اور بھی بیسیوں چھوٹی چھوٹی چیزیں تھیں۔ ٹی وی نریندر پہلے ہی لا چکا تھا۔ فرنیچر کو اپنے نئے گھر میں ڈیلیوری کا انتظام کر کے نریندر اس کے ساتھ اس کے کمرے میں آ گیا تھا۔ پھر گھر میں اس نے نریندر کے لیے کھانا پکایا تھا۔ اس کو ماش کی دال بہت پسند تھی۔ اس لیے اس نے وہی پکائی تھی اور اس کی پسند کے مطابق خوب سا سلاد بھی۔ اور کھانا کھاتے وقت جب نریندر نے کہا تھا "کل ماں کا خط آیا تھا۔ لکھا ہے کہ بہو کو سیدھے لے کر گھر ہی آ جانا۔ بابو جی کی طبیعت ٹھیک نہیں ہے۔ وہ خود نہیں آ سکے گی" تب اس نے کیلنڈر پر نظر دوڑائی تھی۔ کوئی دس دن بعد۔ میلاد النبی جمعرات کو ہے۔ جمعہ کو وہ چھٹی لے لے گی۔ پھر سکینڈ سٹرڈے اور اتوار کی چھٹی ہے ہی۔ پیر کی بھی چھٹی لے لے گی، منگل کو پھر کوئی چھٹی ہے۔ جمعرات کی صبح یا بدھ کی رات کو ہی وہ نریندر کے ساتھ لکھنؤ چلی جائے گی اور پانچ دن لکھنؤ رہ کر بدھ کی صبح

واپس آجائے گی۔

"اور کیا لکھا ہے ماں نے۔۔۔" شالنی نے بڑے اشتیاق سے پوچھا تھا۔

"ہاں۔۔۔ لکھا ہے کہ اب تم کو کھانے کی آسانی ہو جائے گی۔ بہو کو کھانا پکانا تو آتا ہو گا۔ مگر آج کل کی پڑھی لکھی لڑکیاں تو کھانا پکانا کم ہی جانتی ہیں۔۔۔۔۔"

"تم نے جواب دے دیا۔۔۔"

"نہیں۔ مگر اب لکھ دوں گا کہ میری شانی رانی مجھے میری پسند کی ماش کی دال پکا کر کھلاتی ہے بہت مزے کی۔ ارے میں کتنا کھا گیا۔

شالنی کو یاد آیا۔ شروع شروع میں وہ کئی مہینے تک اسے شانی یا شانی رانی کہتا رہا تھا۔

بہر حال اس دن کے اگلے دن پھر دونوں نے چھٹی لی تھی۔ اور ٹھیک دس بجے نریندر اس کے گھر چلا آیا تھا۔

جب اس نے بغیر دستک دیئے کمرے میں قدم رکھا تو اسے کچھ عجیب سا لگا۔

"آج تو مجھے یہ حق ہے شانی ڈیر کہ میں تمہارے کمرے میں بغیر اجازت اندر گھس جاؤں۔۔۔ یا پھر شام کا انتظار کرنا پڑے گا۔۔۔"

وہ کوئی جواب نہ دے سکی تھی۔ مگر دل میں جیسے کہہ رہی تھی۔ تم کو تو ہمیشہ سے یہ حق رہا ہے نریندر۔ تم میرے دل میں بھی تو بغیر دستک دیئے اندر چلے آئے تھے۔ مگر اس نے صرف اتنا کہا۔ "میں ذرا کپڑے بدل لوں تو چلتے ہیں، تم ذرا باہر چلے جاؤ" اتنے سہج طریقے سے کہ جیسے کورٹ میں جانا ان کے لیے بے حد معمولی بات ہو۔ جیسے شالنی ان ساری لڑکیوں سے الگ ہو جو اپنے ہاتھوں میں مہدی کے ارمان میں انتظار کئے جاتی ہیں۔ اور بابل سے جدا ہوتے وقت دھاروں دھار رو رو کے مری جاتی ہیں۔ ارمان تو اس کو بھی

تھا۔ کہ ماں خود اس کے ہاتھ میں مہندی لگائے۔ اور وداع ہوتے وقت وہ پتا جی سے گلے مل کو خوب روئے۔ مگر پتا جی تو اس سے پہلے ہی موت سے گلے مل چکے تھے۔ اور ماں۔۔۔ چلو اس نے ماں کی زندگی میں ہی کم از کم بی۔ اے تو کر لیا تھا پتا جی کی پنشن بھی ماں کی زندگی تک ملی تھی۔ مگر نوکری ہوتے وہ دیکھ نہ سکی شالنی کو۔ کسی طرح اس نے نوکری کر کے ایم۔ اے بھی کر لیا تھا اور اب کالج میں لکچرر تھی۔ یہاں دلی میں۔ اگر ماں اب بھی ہوتی تو کیا وہ اس کو دہلی میں س طرح اکیلے رہنے کی اجازت دے دیتی تھی۔! اسے ہر وقت شاید یہ خدشہ ہوتا کہ اس کی بیٹی کے ساتھ کوئی۔۔۔۔۔

"کیا اب تک تیّار نہیں ہوئیں۔۔۔" نریندر باہر سے پھر اس کے کمرے میں چلا آیا تھا تو وہ چونک گئی تھی۔ اگر ماں ہوتی تو یہ سب برداشت کر سکتی تھی۔

پھر جب وہ کورٹ کے لیے روانہ ہوئے تھے تو ٹیکسی میں نریندر نے اس سے پوچھا تھا۔

"کیا تم کو یہ سب عجیب نہیں لگتا۔ شادی ایسی ضروری کیوں ہوتی ہے۔ کیا اس سارے جھگڑے سے پہلے ہم سب کچھ۔۔۔۔۔۔۔۔"

شالنی کا جی چاہا کہ وہ کہہ دے۔ ہاں ہاں۔ اپنی بات ادھوری کیوں چھوڑتے ہو۔ جب تم کو یہ فعل کرتے شرم نہیں آئی تھی تو اب بات پوری کرنے میں شرم کیسی۔ مگر اسے کچھ خوشی ہی ہوئی۔ اچھا ہوا نریندر ساری باتیں زبان پر نہیں لے آیا۔ پھر شالنی نے محض اتنا کہا تھا۔ "آج سے پندرہ دن پہلے ہی ہم یہاں آسکتے تو اچھا ہوتا نا۔۔۔"

"ارے بھئی۔ ہم تو سال بھر پہلے بھی آسکتے تھے۔ تم ہی اپنی لیو ویکنسی (Leave vacancy) والی نوکری کی وجہ سے کچھ نہیں کرنا چاہ رہی تھیں۔ اب تو ریگولر ہو گئی

نا۔۔۔۔"

پھر دونوں چپ چاپ رہے اور خاموشی ان کے درمیان بولتی رہی تھی۔

جب ٹیکسی رکی تو نریندر باہر نکلا۔ 'آؤ' اس نے شالنی کا بازو پکڑا اور اس طرح باہر کھڑا کر دیا جیسے وہ سمن کی طرح ننھی سی بچی ہو۔ سمن۔۔۔ یہ اسکول جاتی ہوئی بچی بھی سمن سے کتنی ملتی جلتی ہے۔

پھر وہ دونوں اسی طرح کورٹ میں گئے تھے جس طرح ابھی یہ جوڑا خوش و خرم سا گزر گیا ہے شاید اسی مقصد سے۔ لیکن اس دن شالنی کے دل میں ایک موہوم سا سایہ بھی لہرا رہا تھا کہ شاید نریندر شادی کو محض بیڈ روم میں داخل ہونے کی قانونی اجازت سمجھتا ہے۔ بہر حال۔ ان کے اندر داخل ہونے کے کچھ ہی دیر بعد نریندر کے تین دوست آ گئے تھے۔ جن میں ایک راکیش تھا۔ باقی دونوں کون تھے۔ شالنی نے یاد کرنے کی کوشش کی مگر اسے یاد نہیں آیا۔ ان دوستوں نے گواہوں کی حیثیت سے دستخط کیے تھے۔ اور ان دونوں کی شادی ہو گئی تھی۔ بغیر کسی کے کنیا دان کئے ہوئے۔ بغیر مہندی اور منڈوے کے۔ مگر پھر بھی وہ خوش تھی۔ اس دن نریندر کتنا پیارا لگ رہا تھا۔ گرے رنگ کے سوٹ میں۔ خاص طور پر جب بعد میں وہ کوالٹی میں بیٹھے تھے۔ اس نیم روشن سے کیبن میں جب اس نے سر پر جھولتے ہوئے رنگین بلب کا سوئچ آن کر دیا تھا تو اس کی مدھم اور نیلی نیلی روشنی میں وہ کتنا پیارا لگ رہا تھا۔ اس کے بال ماتھے پر آ پڑے تھے۔ راکیش اور وہ دونوں نہ ہوتے تو شاید شالنی بڑے اطمینان سے ان بالوں کو ماتھے پر ہٹا دیتی۔

پھر وہ لوگ لکھنؤ گئے تھے۔ اور اس کے بعد دسہرے دیوالی کی چھٹیوں میں ہنی مون کے لیے شملہ گئے تھے۔ پھر شملہ ہی کیوں، اتر پردیش کے سارے ہل اسٹیشنز

گھومنے کا منصوبہ بنالیا تھا۔ دہرہ دون۔ مسوری۔ نینی تال۔ الموڑہ۔ باگیشور۔ اور وہاں سے واپس آنے کے بعد۔۔۔ زندگی جیسے زندگی نہیں رہی تھی۔ ایک مشین بن گئی تھی۔ وہی روز صبح تیار ہو کر اور ناشتہ بنا کے، کر کے دونوں کا جانا۔ شالنی کا کالج سے ایک بجے لوٹ کر کھانا پکانا۔ اور پھر اگر کوئی پیریڈ ہو تو پھر کھانا کھانے کے بعد ہی بھاگنا۔ نریندر تین بجے آکر کھانا کھاتا۔ اور اپنے دوستوں کے ساتھ کچھ وقت گزار کر واپس آتا۔ شام کو پھر کہیں ٹہلنے کے لیے جانا۔ اور پھر رات۔۔۔ وہی وہی۔۔۔۔ روز روز۔۔۔ پھر سمن پیدا ہوئی تو لگا کہ زندگی میں تبدیلی آگئی ہے۔ جیسے بنا بادبان کی ناؤ کو کوئی بادبان مل گیا ہے۔ کوئی ٹوٹی ہوئی پتوار جڑ گئی۔ پھر جیسے اس کے لیے ہر چیز رنگین ہو گئی۔ اسے کالج کی نوکری چھوڑ دینی پڑی۔ مگر کالج کی پرنسپل نے کہا تھا کہ جب بھی تمہاری بچی بڑی ہو جائے تو تم اپنی پوسٹ آ کر دوبارہ سنبھال سکتی ہو۔ نریندر سے اس کا پہلی بار اسی پر جھگڑ ہوا تھا۔ اس کا کہنا تھا کہ ایک عدد آیا کیوں نہ رکھ لی جائے۔ مگر وہ آیا کے بھروسے اپنی بچی کو۔ اپنے نریندر کی بیٹی کو پالنا نہیں چاہتی تھی۔ اس نے کالج چھوڑ ہی دیا۔ اور چار سال بعد پچھلے چھ سات ماہ سے اس نے دوبارہ اسی کالج میں اپنی نوکری دوبارہ جائن کر لی ہے۔ سمن اب اسکول جانے لگی ہے نا۔۔۔ نریندر کو پہلے صرف اپنی ملازمت میں اپنی ماں اور بہن بھائی سپورٹ کرنا اور پھر ان کے اپنے گھر کے اخراجات کی وجہ سے تنگی محسوس ہوئی تھی۔ وہ چڑچڑا بھی ہو گیا تھا۔ اور پھر جب اسے اس کی عادت پڑنے لگی تو اب پھر تین چار بجے گھر آکر اسے گھر میں موجود نہ پاکر جھنجھلانے لگا ہے۔ کہ اب ملازمت کیوں کر رہی ہے۔ سمن بھی اسکول سے سیدھی اس کے کالج آجاتی ہے۔ کبھی اس سے رنگین چاکوں کی فرمائش کرتی ہے۔ کبھی چاہتی ہے کہ ڈسٹر گھر لے آتے۔ کبھی فزکس اور کیمسٹری کی تجربہ گاہوں کے

انسٹرومنٹس کو للچائی ہوئی نظر سے دیکھتی ہے۔ اس کی نظر بچاتے ہی فزیکل بیلنس کا کور اٹھا کر اسے دیکھنا اس کا محبوب مشغلہ ہے۔ (ہے۔۔۔ میں اتنی دیر سے 'ہے' استعمال کر رہی ہوں۔ شالنی نے سوچا۔ کیا اب سمن کبھی کالج آئے گی۔۔۔ شاید اگلے ہفتے ہی نریندر اس کا داخلہ لکھنؤ میں کسی اسکول میں کرا دے گا اور وہ تو دادی کے پاس ہی رہے گی۔) ایک دن تو اس نے پیوٹ Pivot)) سے اس بیلنس Balance)) کے دونوں پینس Pans)) گرا دئے تھے۔ پھر وہ دونوں گھر آتی تھیں۔ شالنی جلدی جلدی سمن کو کھانا کھلاتی تھی جو وہ ناشتے کے وقت ہی تیار کر لیتی تھی۔ پھر اپنے اور نریندر کے لیے کھانا پکاتی تھی۔ نریندر کبھی جلدی آ جاتا۔۔۔ "اب تک کھانا تیار نہیں ہوا کیا۔۔۔۔؟" وہ کہتا۔ وہ بڑے نرم لہجے میں جواب دیتی۔ "آج کالج میں دیر ہو گئی تھی نا۔۔ اس لیے۔ پھر سمن کو نہلانا تھا"۔

"اچھا اچھا۔۔" وہ بڑے طنز سے کہتا۔ اور شالنی کو اپنی رگوں میں جنگلوں کی طرح آگ پھیلتی محسوس ہونے لگتی۔ مگر صرف اتنا کہتی۔۔ "تم یہ کیوں بھول جاتے ہو کہ میں کالج بھی جاتی ہوں"۔

"اور تم اسی لیے اپنی سروس کی بات یاد دلاتی ہو کہ مجھے احساس ہو جائے کہ تم خود بھی کماتی ہو۔۔"

"تو اس میں حرج کیا ہے۔ کوئی میں میرا تمہارا تو نہیں کرتی کہ یہ کام میری تنخواہ سے ہوا ہے اور یہ تمہاری"۔۔ مگر وہ کچھ نہیں سنتا۔۔ "ماں ٹھیک ہی کہتی ہے کہ کمانے والی لڑکیاں دب کر نہیں رہتیں"۔۔۔ اف پھر وہی اولڈ لوجک۔ وہ سخت تکلیف سے سوچتی۔ کتنی بار کہا تھا کہ اس کے نزدیک مرد اور عورت بالکل یکساں ہیں۔ کسی کو کسی پر فوقیت

نہیں۔ پھر کیا ضروری ہے کہ شوہر بیوی کا غلام بن جائے یا بیوی شوہر کی کنیز۔

یہ سب کچھ کتنے ہی دن تک ہوتا رہا۔ وہ ناراض ہو جاتی۔ نریندر کھانا کھائے بغیر اٹھ جاتا۔ سینکڑوں لمحے چشم زدن میں اس کے سامنے دھول اڑاتی بگھیوں کی طرح گزر گئے۔ پھر نریندر اکثر اپنے کینٹین میں ہی لنچ کر لیا کرتا اور راکیش۔۔۔؟

راکیش ان کی شادی کے بعد اکثر ہی آتا رہا تھا۔ اور پچھلے دنوں ساون کی ایک بھیگی رات کو بوندوں کی موسیقی نے ان کے کان میں ایک دوسرے سے بے حد جذباتی وابستگی کی اطلاع دی تو وہ چونک گئے۔ جذبات بھی گھڑی کی سوئیوں کی طرح ہر لمحہ سرکتے ہوئے بڑھتے ہوئے دکھائی نہیں دیتے۔ اس کا دونوں کو احساس ہی نہیں ہوا تھا۔ اور پھر ایک دن راکیش نے پرپوز کرتے ہوئے کہا تھا کہ اسے نریندر سے طلاق لے لینی چاہیے اور پھر وہ دونوں ایک خوش گوار ازدواجی زندگی گزار سکیں گے۔ ماضی کو بھولتے ہوئے۔ گزرے ہوئے کو بھولنا ہی ہو گا۔ اس وقت اس نے طے کیا تھا۔ مگر۔۔ کیا وہ اب تک یہ سب کچھ بھول سکی تھی۔ اگر وہ آج تک کے واقعات کو اتنے ہلکے پھلکے طریقے سے لیتی تو کیا وہ اتنی بسوں کو چھوڑ سکتی تھی؟

پھر اس نے ایک ٹیکسی کو آواز دی۔ اسے اپنے گھر کا پتہ بتا دیا۔ اور پھر اپنے گھر کا تالا کھول کر چپ چاپ اپنے بڈروم میں بغیر لباس تبدیل کئے گر پڑی۔ جیسے وہ بے حد تھک گئی ہو۔ جیسے وہ کئی میل پیدل اور ننگے پاؤں چلی ہو۔ وہ کچھ دیر تک بے مقصد بڈروم کے دروازے کے پار سڑک کی طرف کھلنے والے دروازے کو دیکھتی رہی۔ نہ جانے کب تک دیکھتی رہتی۔ مگر اسی منٹ پوسٹ مین کی آواز اس نے سنی اور دروازے کی درازسے جھانکتا ہوا ایروگرام اسے نظر آیا۔

وہ بوجھل قدموں سے دروازے کی طرف گئی۔ دروازہ کھولا۔ باہر سڑک پر سمن کے اسکول کی بچیاں جا رہی تھیں۔ وہی یونیفارم پہنے۔ پھر خط دیکھا۔ راکیش کا ہی تھا۔ لکھا تھا وہ اگلے مہینے کی 4 تاریخ کو دہلی پہنچ رہا ہے۔ صرف 18 دن بعد۔ اس نے خط کے محض ابتدائی جملے پڑھے۔ اور پھر آخری جملے دیکھنے لگی۔

"سمن کو بہت بہت پیار۔۔۔ پھر تم تو میری منتظر ہو گی ہی نا۔۔۔ تمہارا اپنا۔ راکیش"۔

اس نے خط پڑھے بغیر میز پر رکھ دیا اور بستر پر گر کر پھوٹ پھوٹ کر رونے لگی۔ اسے ایسا لگا کہ وہ اتنی ٹوٹ گئی ہے کہ راکیش۔ سمن اور نریندر مل کر بھی اسے نہ جوڑ پائیں گے۔ شاید خدا بھی۔۔

پرائی کھڑکیاں

شام کا وقت تھا۔ میں وقت گزارنے کے لیے کھڑکی کے نزدیک آکر کھڑا ہو گیا تھا جس کے نیلے سبز اور سرخ رنگ اور مختلف ڈیزائنوں والے شیشے شفق کی روشنی میں عجیب سائیکلیڈیلک (Psychedelic) منظر پیش کر رہے تھے۔ مگر میں شاید ان مناظر سے لطف نہیں اٹھا رہا تھا۔ میری توجہ باہر سے گزرنے والے ایک بوڑھے آدمی پر مرکوز تھی جس کے ہاتھ میں ایک بوسیدہ سی چھڑی تھی جس میں گھنگرو بندھے تھے۔ دوسرے ہاتھ میں کشکول۔ کسی بھی شام دھندلکے میں اس Psychedelic نمونے دکھانے والی کھڑکی سے جب نیچے سڑک کی طرف جھانکتا ہوں تو مجھے گھنگھروؤں بندھی چھڑی پٹکتا کوئی فقیر نظر آ جاتا ہے اور مجھے آج سے اٹھارہ بیس سال پہلے کی ایک گھنگرو بندھی سیاہ شیشم کی لکڑی کی آواز آتی ہے جو 'غریب خانے' کی ڈیوڑھی میں کھڑی پکارا کرتی تھی۔

"دم کا دیدار بابا دم کا دیدار

دم کا ہے گھوڑا۔ دم ہی ہے سوار

اور نہ جانے کیا کیا۔۔ اس وقت ہمارے لیے ان الفاظ کی اہمیت کچھ نہیں تھے۔ یہ محض بول تھے۔ یہ تو اب احساس ہوتا ہے کہ ان بھکاریوں کے سوکھے ہونٹوں سے بھی صداؤں کے روپ میں کیسے تر و تازہ فلسفیانہ اور تصوفانہ خیالات ابلتے تھے۔ کاش اس فقیر کی آواز ہم میں سے کوئی ٹیپ کر کے رکھ لیتا۔ مگر کیا اس وقت کوئی ٹیپ ریکارڈر سے

واقف تھا۔۔۔! اس کا چہرہ۔۔۔۔؟ ہاں۔ ایک میلی سی سفید چادر جو کسی زمانے میں سفید رہی ہو گی۔ اس کے چہرے کے چاروں طرف بندھا ہوا نقابہ۔ جھرّی زدہ سیاہی مائل چہرہ مگر آنکھوں کی چمک چہرے کی سیاہی میں کمی پیدا کرنے والی۔ اور لٹکے ہوئے گوشت میں جو کبھی تندرست بازو رہے ہوں گے، شیشم کی چھڑی۔ جس کے مُنھ کے چاروں طرف کئی کالے پیلے گھنگھرو اور کالے کالے سرخ سرخ بڑے بڑے موتی بندھے ہوئے یا شاید کہ رہا۔ چھن وہ زمین سے چھڑی ٹکرا ٹکرا کر بجاتی اور گردن ہلا ہلا کر گاتی رہتی۔ "دم کا دیدار بابا دم کا دیدار۔

مگر ہم لوگوں میں سے کسی نے اس وقت نہ غور ہی کیا اور نہ ہی ہماری عقل میں یہ سما سکتی تھی کہ کبھی کبھی ایسے بے قیمت لگنے والے الفاظ کتنے قیمتی ہو سکتے ہیں۔ مگر اس وقت ہم لوگوں کو گردن ہلا ہلا کر اس کی نقل میں "دم کا دیدار" اسی کے لہجے میں چلانے کے علاوہ اور کچھ نہیں سمجھ میں آتا تھا۔ نانی بی کے کچھ دینے کے بعد وہ بڑھیا رخصت ہو جاتی تو ہم پھر بھاگ کر امرودوں کے درختوں پر چڑھ جاتے۔ امرود تو اب میں کہہ رہا ہوں۔ ورنہ وہ تو 'سفریوں' کے پیڑ تھے۔

"یہ غریب خانہ" تھا۔ یہاں سے بہت دور وسط ہند میں مالوہ کی ایک چھوٹی سے غریب ریاست جاؤرہ اور اس میں سرکاری مکانات کا ایک حصہ۔ بلکہ دراصل "سردار محل" جس کے شاہانہ نام سے نانا جان سخت متنفر تھے اور انہوں نے گھر کی دوبارہ تعمیر و مرمت مکمل ہوتے ہی ڈیوڑھی کے دروازے پر سنگ مرمر کا سنگِ خانہ لگوا دیا۔ "غریب خانہ"۔ اور اس کے نیچے خود ان کا کہا ہوا تاریخی شعر۔۔

سن مسیحی و ہجری کا مادّہ احمدؔ۔۔۔ "غریب خانۂ طیں" "خانۂ مسرت" است

"غریب خانۂ طیں" سے 1936ء اور خانۂ مسرّت سے 1356ھ کے اعداد برامد

ہوتے۔ مگر یہ تو میں اب کہہ سکتا ہوں۔ اس وقت تو شاید بے حد کوشش کر کے بلکہ ہجے کر کے ہم شعر پڑھ پاتے ہوں گے۔ اس طویل اور بوڑھی ڈیوڑھی جس کے اختتام پر بڑ سے دروازے پر یہ الفاظ لکھے ہیں۔ اور اس کے کنارے ایک بڑھیا نہایت فلسفیانہ صدا لگاتی ہے اور ہم بھاگ کر صفریوں کے درختوں کی طرف چلے جاتے ہیں۔ ڈیوڑھی کے پار ایک طویل آنگن ہے۔ جس کے مشرق کی طرف ایک کنواں ہے اور کنوئیں کے پیچھے کی دیوار پر غسل خانے سے ملحق ایک لکڑی کی سیڑھی لگی ہوئی ہے۔ جس کی بلّیوں پر چڑھ کر گھر کی عورتیں ہم سایوں سے باتیں کیا کرتی ہیں۔ اور ہم سائے بھی دور کے کون تھے۔۔۔ جبو خالہ اور بھوری خالہ جو نانا جان کی بھتیجیاں ہی تو تھیں۔ جنوب کی طرف کمروں کی طویل قطار۔ اور شمال کی طرف ایک دیوار جو ایک ساں ڈیوڑھی سے غسل خانے اور بیت الخلا تک آنگن پار کرتی ہوئی چلی گئی تھی۔ جس کے اس پار دُکانیں ہی دُکانیں۔ اور ان سارے طویل کمروں کے باہر لمبے دالان میں "دم کا دیدار" سننے کے بعد راجہ میاں کی بانسری کی آواز آتی۔ "اِلّوری۔۔۔۔۔۔" اور ہم سب بھی "الّوری" گاتے ہوئے پہنچ جاتے اور بانسری کے سروں پر بے ڈھنگا کورَس شروع ہو جاتا۔ (ہم سب لوگوں کو اپنی اپنی جگہ اپنے گانے پر بے حد فخر تھا۔) "پنچھی بنوں اڑتی پھروں مست گگن میں۔۔۔" اور اس گیت کو گانے میں جنس کی کوئی تخصیص نہیں تھی۔ شمّی باجی اور طلعت آپا بھی اسی طرح اڑتی پھرتی تھیں اور واجد میاں اور راشد میاں بھی۔ ہم سبھی گگن میں اڑتے پھرتے تھے۔

واجد میاں نے بانسری بجائی نہ جانے کیسے سیکھ لی تھی۔ ہم چاروں ان کی اس حرکت سے بے حد مرعوب تھے اور پھر اس کورَس کے آئٹم کے بعد سفریوں کے درختوں میں محفل جمتی اور کچے کچے امرودوں۔۔ سفریوں سے ایک دوسرے کی ضیافت کی جاتی۔ کبھی

باورچی خانے سے جا کر نمک اور کالی مرچ لائی جاتی جو ہمیشہ اماں جان پسی ہوئی ریڈی میڈ رکھتی تھیں۔ شاید وہ مزا بعد میں پکے سے پکے امرودوں میں بھی نہ آیا ہو گا۔

باورچی خانے میں ایک فرض اور تھا۔ اصلی گھی کے کنستر میں سے جو سردیوں میں جما ہوا ہی ہوتا، ایک بھیلا نکال کر شکر کے ڈبے میں ڈالنا اور کھالیتا۔ اور سر کے بالوں سے ہاتھ صاف کرتے ہوئے کسی دوسرے سے اس بات کا تذکرہ بھی نہ کرنا۔ حالانکہ ہم پانچوں سوار یہی کرتے تھے۔ مگر نہ جانے کیوں ہر ایک دوسروں سے چھپ کر یہ حرکت کرتا تھا۔ باورچی خانے سے جو بھی گھی کے ہاتھ سر سے یا کسی پردے سے پونچھتا ہوا نظر آتا، ہم لوگ سب اپنے کو مجرم سا محسوس کرتے اور اس وقت کا مجرم باورچی خانے کے دروازے کے قریب ہی برامدے میں رکھی ہوئی گھڑونچی کے نزدیک جا کر پناہ لیتا جہاں بڑے بڑے سیاہ گھڑوں پر سرخ کپڑا اور موگرے کے ہار چڑھے ہوتے۔ پاس ہی ایک کیل سے ناریل کا بنا ڈونگا لٹک رہا ہوتا جس سے پانی نکال کی چاندی کی پالش کے کٹورے میں بھر کر پاس ہی پڑی ہوئی مٹیالے سبز رنگ کی بنچ پر بیٹھ کر پیا جاتا۔ یہ بنچ نانا جان نے خاص اسی مقصد سے ڈلوائی تھی کہ کھڑے ہو کر پانی نہ پیا جائے۔ مگر ہم لوگوں کے اس وقت پانی پینے میں یہ اہتمام بھی ہوتا کہ اس حد تک احتیاط برتی جاتی کہ کوئی آواز پیدا نہ ہو۔ مبادا برامدے کے پار دالانوں اور کمروں میں دوپہروں کو آرام کرنے والے بزرگ جاگ جائیں۔ پھر بھی اکثر نانی بی اماں جان میں سے کسی کے کھسر پھسر کرنے کی آواز آ ہی جاتی جنہوں نے یا تو کوئی عجیب سا خواب دیکھا ہوتا اور اس کا اظہار فرض ہوتا اور سننے والے کو اس کی تعبیر پر غور و فکر بھی ایسا ہی فرض۔ یا پھر ان بزرگوں کو یہ شک ہوتا کہ باورچی خانے میں چور آ گئے ہیں اور امی کو اس کی کوئی فکر نہ ہوتی۔ وہ بے تکلفی سے بستر پر دراز عجیب و غریب انداز میں خرّاٹے لیتی رہتیں۔

ان بزرگوں سے بھی کئی چیزیں وابستہ تھیں۔ امّاں جان جو نانی بی اور نانا جان دونوں کی کسی نہ کسی رشتے سے خالہ تھیں، اپنی "پن کُٹیا" میں پان کوٹ کوٹ کر کھایا کرتیں۔ پانوں کی طلب اور دانتوں کی کمی دونوں کی بیک وقت مجبوری کی مثال تھی وہ سنہرے پیتل کی پن کٹیا۔ ہم لوگوں کو بھی ویسے پان کا شوق نہیں تھا، مگر اماں جان سے کُٹا ہوا پان اکثر کھایا جاتا۔ نانی بی کی بھنی ہوئی سونف سے بھی ہم لوگوں کو بے حد رغبت تھی۔ پھر امّی اور خالہ جان کے دوپٹے تھے۔ سفید ململ کو مختلف رنگوں میں کرتے اور تنگ پجاموں کے رنگ سے رنگ ملا کر رنگا جاتا اور پھر ہم میں سے دو دو ایک ایک دوپٹے کو دونوں طرف سے پکڑ کر سکھاتے۔ دونوں ہاتھوں کی چٹکیوں میں دو کونے پکڑ کر مٹھّی قریب لائی جاتی پھر ہاتھ اوپر کر کے پھیلائے جاتے اور ہاتھ نیچے آنے کے بعد پھر مٹھیاں قریب لا کر یہی عمل دہرایا جاتا۔ ہوا سے منٹوں میں دوپٹے سوکھ جاتے۔ اس کے بعد کچھ عجیب وغریب منصوبے بنائے جاتے۔ کبھی یہ مہم ہوتی کہ کون اندھیری کوٹھری میں جائے۔ اس کوٹھری سے اماں ان نے دو داستانیں بیک وقت وابستہ کر رکھی تھیں۔ اس اندھیری کوٹھری کہلائے جانے والے کمرے کے عقبی دروازے سے دوسری منزل کی طرف جانے والی سیڑھیاں بے پر اسرار تھیں۔ اماں جان کا بیان تھا کہ ایک بار ان سیڑھیوں پر انہیں ایک سر کٹا دکھائی دیا تھا۔ اور ایک اور بار اس کوٹھری سے پائل کی جھنکار سنائی دی۔ اور جب وہ تفتیش کے لیے اندر گئیں تو عقبی زینوں کی نظر آنے والی آخری سیڑھی پر انہوں نے گھنگرو بندھے الٹے پیر دیکھے۔ یہ سر کٹے اور پچھل پیریاں ہماری زندگیوں میں نہ جانے کیا اہمیت رکھتی تھیں۔ ممکن ہے کہ یہ داستانیں اس لیے بنائی گئی ہوں کہ اوپر کے کمروں میں نانا جان جو سامان خرید کر ڈالتے تھے اس میں ہم لوگ ہی کیا چور تک کچھ گڑ بڑ نہ کریں۔ ایسی مہمیں تنہا سر نہیں کی جاتیں، پھر بھی کبھی کبھی کوئی جیالا تنہا یہ معرکہ سر کر

ہی لیتا۔ سر کٹے اور بچھل پہری سے ملاقات کا ہر لحظہ منتظر۔ مگر جیسے ہی سیڑھی چڑھ کر اوپر گودام والے کمرے میں پہنچ جاتا، سارا ڈر غائب۔ بس پھر یہ کام کیا جاتا کہ دروازے کے ٹوٹے حصے میں سے لکڑی ڈال کر اندر کا سامان ذرا جھنجھوڑ دیا جائے۔ مونگ پھلیوں کے ڈھیر دروازے کے ٹوٹے حصے میں نکلنے لگتے یا اس طرح گرتے کہ ہاتھ ڈال کر جیبیں بھر لی جائیں۔ یہ مہم اکثر مل کر کی جاتی۔ اور جب مونگ پھلیوں سے طبیعت سیر اور جیب بوجھل ہو جاتی تو واپسی کے سفر میں پھر وہی خطرہ در پیش ہوتا۔

"جناب کل رات کو میں نے اس طرف سے پائل کی آواز سنی تھی" راشد میاں کو ہمیشہ ایسے بیانات دینے میں مزا آتا تھا۔ اور صاحب۔ کل تو زینے پر ایک لالٹین آپ ہی آپ ہوا میں معلق سیڑھیاں اترتی ہوئی آ رہی تھی۔۔۔۔۔" میں بھی مرعوب کرنے کی کوشش کرتا۔ مگر ڈرتے ہم دونوں ہی تھے۔ بلکہ پانچوں ہی۔ یعنی واجد میاں، شمّی باجی اور طلعت آپا بھی۔ سب سے زیادہ تو شمّی باجی ہی ڈرتیں۔ اور راشد میاں اکثر خوفناک داستانیں سناتے رہتے۔ مگر اندھیری کوٹھری کے سحر سے آزاد ہو کر باہر آنگن کی طرف بھاگنے والوں میں سب سے آگے راشد میاں ہی ہوتے۔ پھر چین کی سانس لی جاتی اور جیبوں میں ٹھونسی ہوئی مونگ پھلیاں یا دوسری اشیاء اپنی طرف متوجہ کر لیتیں۔

اوپر والے کمرے میں اگر مونگ پھلیاں نہ ہوتیں تو پوست کے ڈوڈے ہوتے۔ جن کو توڑ کر ہم لوگ خشخاش تو خشخاش افیون تک کھا جاتے۔ مگر خشخاش کھانے میں وہ مزا نہیں آتا تھا جتنا مونگ پھلیوں میں آتا تھا۔ ایک سال گڑ کے بورے بھرے گئے تھے ، گودام میں اور ہماری قسمت اچھی تھی کہ ایک بورا دروازے کے ٹوٹے حصے سے بالکل قریب تک لڑھک گیا تھا۔ پھر لکڑی میں چاقو باندھ کر بورا باہر سے کاٹا گیا مگر بورا کٹنے پر بھی گڑ کے حصول میں کافی محنت کرنی پڑتی جو کہ کھانے کے بعد وصول ہو ہی جاتی۔ اس

وقت نانا جان سے ہم لوگ ناراض ہو جاتے جب وہ کوئی بے کار سی چیز خرید کر گودام میں بھر لیتے۔ ایک سال انہوں نے لہسن خرید لیا اور ایک بار سرخ مرچ۔ بے انتہا بوریت ہوتی۔ سر کٹے اور پچھل پیہریوں کی داستانیں تک ختم ہو گئی تھیں۔ مگر اس سے زیادہ بوریت اس سال ہوئی جب وہ گودام والا کمرہ تقریباً بالکل خالی رہا۔ کیونکہ اس بار چاندی کی ایک بھاری بھرکم سلاخ اس کی دیوار کے ایک کونے میں ہی سما گئی تھی۔ یہ دراصل نانا جان کی سالانہ تجارت تھی۔ ہر سال کسی نہ کسی منگل کے دن جو کہ ہاٹ کا دن تھا۔ ایک بیل گاڑی گھر کی ڈیوڑھی کے پاس آکر رکتی۔ دینا ماموں اترتے اور "پردے ہو جانا" کی آواز لگاتے ہوئے سامان دوسرے مزدوروں سے اتروانے میں مصروف ہو جاتے۔ 'پردے ہو جانا' کی آوازیں تو دن میں دو تین بار آتی ہی تھی۔ کنواں سوکھ جاتا تو بہشتی میاں بھی پردہ کروا کے پانی بھر کر جاتے کئی مشکیں بھر کے۔ مگر ہم لوگوں کا دھیان ہر منگل کی ہاٹ کے دن اس آواز پر ہوتا تھا جو بیلوں کی گھنٹیوں کی آواز کے بعد سنائی دے۔ "پردے ہو جانا۔۔۔" ہم لوگوں کو ان مزدوروں پر تعجب بھی ہوتا۔ یہ کیسی مخلوق ہے کہ انہیں اندھیرے کمرے میں ڈر نہیں لگتا۔ مگر شاید اس تعجب سے زیادہ ہم لوگ دعا میں مصروف ہو جاتے۔ اللہ میاں، اس بار مونگ پھلیاں ہوں۔ خیر۔ پوست کے ڈوڈے بھی ایسے برے نہیں تھے۔ یہ دعا بھی کی جاتی کہ بوریوں میں سامان ہو تو بوریاں پھٹی ہوئی بھی ہوں۔ یا بورے اس کمرے میں خالی کر کے مزدور واپس لے جائیں۔

ہاٹ والا دن۔۔۔ منگل بڑی مصروفیت کا ہوتا۔ صبح سے ہی بیلوں کی گھنٹیوں کی آوازیں گونجا کرتیں۔ اور پھر نیلام کی بولیاں۔۔ مگر یہ تو بڑے کاروبار والی باتیں تھیں۔ ہماری دلچسپی کی تو چھوٹی چھوٹی دُکانیں تھیں۔ کسی دُکان پر مختلف رنگوں کے بڑے بڑے موتیوں کے بیسیوں ہار اور کنگن۔ کسی میں رنگین لکڑی کے فریم والے آئینے۔ شمّی باجی ہر

دوکان کی چوڑیاں سمیٹتی پھرتیں۔ طلعت آپا بھی کبھی کبھی ان کا ساتھ دیتیں۔ مگر زیادہ تر وہ دوسرے زیورات میں دلچسپی لیتیں۔ میری اور راشد میاں کی اصل تفریح مٹّی کے کھلونوں سے وابستہ تھی۔ ایک کونے میں مٹی کے بنے کیلے۔ امرود سیب رکھے ہوتے۔ دوسری طرف مختلف سائز اور رنگوں کے راجا۔ راج کمار سادھو اور نرتکیاں۔ کہیں ہاتھی گھوڑے۔ دیوالی قریب ہوتے تو دِیوں کی تو بھرمار ہوتی۔ ہر دُکان پر ڈھیر لگا ہوتا۔ سب سے زیادہ مزا اس کے اگلے دن آتا۔ دوسرے دن بدھ کی صبح روشنی پھیلنے سے پہلے ہی ہماری ایک اور مہم شروع ہوتی۔ سارے 'ہاتے' میں بکھرے ہوئے مٹّی کے شکورے اور دیے سمیٹنا ہمارا فرض جو تھا۔

گھر سے کچھ قدم کے فاصلے پر یہ طویل و عریض میدان تھا جو کبھی احاطہ کہا جاتا ہو گا مگر اب بگڑ کر اس کا نام محض 'ہاتہ' رہ گیا تھا۔ یہاں پر منگل کو بازار لگتا تھا۔ اور 26 / جنوری اور 15 / اگست کو جھنڈا چڑھتا تھا۔ ہم لوگ اسی میدان میں بکھری ہوئی مٹی کی چیزیں سمیٹتے پھرتے تھے۔ کبھی کبھی کسی سپاہی کا تلوار اٹھائے ہوئے ہاتھ، یا کسی ناچنے والی پُتلی کی کَسی مُدرا میں ٹانگ ہم کو راستے میں پڑی مل جاتی۔ پھر موتی۔ سیپیاں۔ ایک آدھ کنگھا۔ اور شمّی باجی کے لیے چوڑیاں ہم سب ڈھونڈھتے پھرتے۔ ویسے گھر میں اکثر چوڑی والی آ کر اپنے ہاتھ سے ساری عورتوں اور لڑکیوں کو ہاتھ بھر بھر چوڑیاں پہنا جاتی تھی۔ مگر مفت میں حاصل وہ چوڑی جو اتنی محنت سے سب مل کر ڈھونڈھیں، ایک دوسری ہی اہمیت رکھنی تھی شمّی باجی ہی کیا، ہمارے نزدیک بھی۔ وہ سارا سرمایہ اپنے اپنے ڈبّوں میں بند کر دیا جاتا۔ ٹوٹی ہوئی چوڑیاں جمع کر کے ان سے سیر بین بنوائی جاتی۔ اور ہم سب مختلف ڈیزائنیں بنتے بگڑتے دیکھتے رہتے۔ ٹوٹی چوڑیاں بھی کیا کیا رنگ دکھا سکتی ہیں ، یہ ہم کو تب ہی پتہ چل گیا تھا۔

ہاٹ کی مہم سے واپسی پر گھر سے ملحق امام باڑے پر ایک اسٹاپ لازمی تھا۔ یہاں ہمیشہ تعزیہ رکھا رہتا تھا۔ محرم کی نو اور دس تاریخ کے علاوہ جب یہ "اُٹھا" کرتا تھا اور "ٹھنڈا" کیا جاتا تھا، سارا سال امام باڑے میں رکھا رہتا اور اس کی ڈیزائن میں ردوبدل اور تجدید کی جاتی رہتی۔ گھچّو چچا جو اس تعزیئے کے نواب صاحب کی طرف سے انچارج تھے۔ اس میں روز بروز کچھ نہ کچھ سجاوٹ کرتے رہتے۔ تعزیہ بنانا کچھ ان کا ہی آرٹ تھا۔ اس میں عجیب و غریب رنگین کھڑکیاں ہوتیں۔ نہ جانے انہیں کیا کہنا چاہیے تھا۔ شاید فریم مگر گھچو چچا ان کو کھڑکیاں کہتے تو سارا جاؤرہ کھڑکیاں ہی کہتا اور سمجھتا تھا۔ ایک پھندنے والی ڈوری کو وہ حرکت دیتے اور تعزیئے کی عمارت میں چھ خانوں یا فریموں میں نظر آنے والے مناظر ایک پل میں تبدیل ہو جاتے۔ ابھی ان کھڑکیوں میں اللہ۔ محمدؐ۔ علیؓ۔ فاطمہؓ۔ حسنؓ۔ اور حسینؓ کے طغرے نظر آتے تو اگلے ہی لمحے کعبہ معظمہ۔ مدینہ منوّرہ۔ کربلا شریف۔ خواجہ غریب نوازؒ اور حضرت نظام الدینؒ وغیرہم کے مزاروں کی تصویریں نظر آتیں۔ ہم لوبان سے اٹھتی ہوئی خوشبوؤں کی طرف ذرا متوجہ ہونے کے بعد دوبارہ ان کھڑکیوں کی طرف نظر اٹھاتے تو چھ عدد مور مختلف انداز میں ناچتے نظر آتے۔ محرم کا زمانہ نہ ہوتا تو ان کھڑکیوں کے مناظر میں کوئی تبدیلی نظر نہیں آتی۔ بلکہ تعزیہ بھی اس وقت نظر آتا تھا جب گھچو چچا اسکی صفائی کرتے ورنہ عام دنوں میں اس پر ایک غلاف چڑھا ہوتا اور گھچو چچا اس تعزیے کے پیچھے بیٹھے اپنی جادوگری کرتے رہتے یا پتنگیں بناتے ملتے یا مانجھا سوتتے ہوئے نظر آتے۔ اور وہاں سے نکلتے تو اکثر چچی بلا لیتیں۔ یہ چچی جگت چچی تھیں اور ان کے شوہر سبھی کے مجّو ماموں۔ نہ جانے ایسا کیوں تھا۔ ہم لوگوں کو چچی سے اس لیے دلچسپی تھی کہ ہر جمعرات کو وہ دو آنے کے چنوں اور چرونجی دانوں پر نیاز دلواتی تھیں اور ہم کو بلوا لیتیں۔ مجو ماموں محض عید بقرعید پر نظر آتے اور

اس دن ان کے گھر پر گھوڑا بندھا بھی نظر آتا اور تانگہ بھی۔ ویسے رات کو وہ کبھی گھر میں آتے ضرور تھے۔ مگر ہم سے کہا جاتا تھا کہ رات کو ڈیڑھ بجے آنے والی ٹرین کے وقت تک تانگہ چلا کر آتے ہیں اور صبح چھ بجے والی پہلی بس کے لیے بس اسٹینڈ پر نظر آتے تھے۔ سنا تھا کہ دوپہر کو وہ تین بجے آنے والی ٹرین کے انتظار میں 12 بجے سے پہلے ہی اسٹیشن پہنچ جاتے تھے۔ اور پیپل کے درخت کے نیچے جہاں گھوڑوں کی پانی پینے کی ناند بھی تھی، تانگہ کھڑا کرتے، گھوڑے کو چارہ دیتے، چچی کا دیا ہوا کھانا پوٹلی میں سے نکال کر کھاتے، اور تانگے میں لیٹ کر آرام سے سو جاتے۔ ٹرین سے آنے والے مسافر ہی پھر ان کو جگاتے۔

ان دوپہروں کی مہموں سے فارغ ہو کر گھر آتے تو شام کو چائے پی جاتی۔ جو نانی بی خوب پانی کھولا کر اور اس میں پتّی پکا کر بنایا کرتیں اور ڈھیروں شکر ڈال دیتیں۔ کبھی کبھی بھوک لگنے پر چائے کے ساتھ روٹی کھائی جاتی اور اگر تازہ روٹی نہ ہوتی تو بھی سوکھی روٹی کے چوروں کا اسٹاک رہتا تھا، وہ چائے میں ڈال کر کھاتے یا پیتے۔ مگر جب یہ ٹکڑے، یہ روٹی کا چورا گڑ میں پکایا جاتا تو وہ مزا آتا جو شاید بعد میں عمدہ سے عمدہ مٹھاس کی ڈش میں نہ آیا ہو گا۔ " ٹکڑے " نانا جان کو بھی بہت پسند تھے۔ ایک دن ہم لوگوں کی بیت بازی ہو رہی تھی اور گاڑی 'ٹ' پر اٹک رہی تھی۔ نانا جان پاس ہی کھانا کھا رہے تھے اور ٹکڑے کھاتے ہوئے انہوں نے فی البدیہہ یہ شعر کہا۔

ٹکڑے اماں بی نے پکائے۔ اور ہم سب نے مل کر کھائے

'ٹ' کے علاوہ کسی دوسرے حرف سے شعر یاد نہیں آتا تو اس کی ہی ردوبدل کر دی جاتی۔ 'چ' کا مسئلہ ہے تو شعر ہو گیا ہے۔ چاول اماں بی نے پکائے۔ اور ہم سب نے مل کر کھائے۔ کبھی 'ر' سے روٹی، 'ک' سے کھانا یا 'ح' سے حلوہ ہو جاتا۔ کوئی اعتراض کرتا کہ یہ

شعر تو ہو گیا تو جواب دیا جاتا کہ "وہ تو ٹکڑے تھے، یہ اماں بی نے حلوہ پکایا ہے!"

شام کی چائے کے بعد گرمیوں میں آنگن میں چھڑکاؤ کرنے میں ہم سب اپنا شرمدان کرنے۔ دینا ماموں کنویں سے ڈول میں پانی نکال کر بالٹی میں بھرتے جاتے اور ہم لوگ لوٹوں میں بھر بھر کر سارے صحن میں پانی چھڑکتے رہتے۔ اور جب مٹّی کی سوندھی سوندھی کچی خوشبو رچ اٹھتی تو بے حد خوش ہوتے اور گھر میں پھیلنے والے تناؤ کی ہم لوگوں کو کچھ خبر نہیں ہوتی۔ ماموں میاں حسین شگر فیکٹری میں کام کرتے تھے، وہاں کے کارکنوں میں انہوں نے ہڑتال کروا دی تھی۔ بزرگ لوگ سب بے حد پریشان تھے۔ ان کی سرگوشیوں میں کبھی کوئی لفظ 'اشتراکی' سننے میں آتا مگر یہ ہماری سمجھ سے پرے تھا۔ بار بار ماموں میاں کو کوئی بلانے آتا ایک آدھ بار پولس بھی۔ مگر وہ نہ جانے کہاں انڈر گراؤنڈ رہتے۔ نانی بی تو پریشان پھرتی رہتیں۔ اور نانا جان اپنی پریشانی کا اظہار بھی نہیں کرتے تھے۔ وہی معمول کے مطابق مغرب کے وقت برامدے میں بڑے تخت پر بہ آواز بلند نماز پڑھنے کے بعد کھانا مانگتے۔ اور دستر خوان بچھ جاتا تو خود اکڑوں بیٹھ جاتے، گھٹنوں پر اپنے ہاتھ پھیلا کر رکھ لیتے اور ایک ایک لقمہ آہستہ آہستہ کھاتے رہتے۔ اکثر ہم میں سے بھی کسی کو اپنے ساتھ بٹھا لیتے۔ پانی پلانے کا کام طلعت آپا کا ہوتا جن کو وہ اکثر بڑی بی کہہ کر مخاطب کرتے۔ میں بھی کھانا کھاتا تو نانا جان کی نقل میں ان کی طرح ہی گھٹنوں پر ہاتھ لمبے کر کے اکڑوں بیٹھا کھانا کھاتا رہتا۔ کھانے کے بعد وہ شمّی باجی کو آواز دے کر عشا کے لیے وضو کے پانی کا لوٹا بھر کر رکھنے کی ہدایت کرتے۔ سوتے وقت بھی شمّی باجی کا کام تھا کہ ان کے تہجد کے لیے وضو کے پانی کا لوٹا ان کے سونے کے کمرے کے باہر برامدے میں گھڑونچی کے پاس رکھ دیں۔

شام کو ہم لوگوں کی مشغولیات بڑھ جاتیں۔ خاص طور پر گرمیوں میں۔ ساری چار

پائیاں نکال کر باہر بچھائی جاتیں اندر والا بڑا تخت دالان سے اٹھ کر باہر آ جاتا۔ اس پر سفید چاندنی بچھائی جاتی۔ گاؤ تکیے لگتے۔ سارے پلنگوں پر بستر بچھانے کے بعد سفید چادریں اور اجلے برف سے غلاف والے تکیے رکھے جاتے۔ تخت کی سفید براق چاندنی پر نانی بی اپنا پاندان اور اماں جان اپنی پن کٹیا لے کر جم جاتیں۔ نانا جان معمول کے مطابق چھوٹے تخت پر نماز اور کھانے سے فارغ ہو کر اپنے پلنگ پر بیٹھ کر کچھ دیر تک خلال کرتے رہتے اور پھر چچا صاحب سے ملنے چلے جاتے جو دراصل ان کے بیت قریبی دوست تھے۔

پھر اچانک ماحول بدل جاتا۔ آزادی جو مل جاتی۔ کسی شام دھمو میاں جو ماموں میاں کے دوست تھے، ایک عجیب سا باجہ لے کر آتے۔ اس کا نام بینجو بتایا گیا تھا۔ ہم لوگوں کو تو اس پر قسمت آزمائی کرنا بے حد اڈونچرس لگا ہی۔ ماموں میاں اور راجہ میاں ہی کیا،، امّی نے بھی کچھ دھنیں اس پر نکال ہی لیں۔ "کہیں پہ نگاہیں کہیں پہ نشانہ" اور "گھر آیا میرا پردیسی" اور آئے گا آنے والا۔ آئے گا "۔ ماموں میاں اپنا انگریزی گانا جو دراصل ہندوستانی گیت کا ہی ترجمہ تھا گاتے تو ان سے بینجو پر دھن صحیح نہیں نکلتی۔ اور وہ بینجو چھوڑ کر چلّاتے۔

,Oh my magician

Leave thou my arm

It is the mid-night

Let me go Homewards

اور نانی بی اپنے مخصوص انداز میں ایک ایک لمحے کے وقفے سے 'ووئی''ووئی' کہے جاتیں۔ امی ان کو سمجھاتیں۔ "وہی گانا ہے۔ آپ نے سنا نہیں۔ جادو گر سیّاں۔ چھوڑو موری بیّاں۔ ہو گئی آدھی رات۔ اب گھر جانے دو۔۔۔" کبھی موسیقی کی محفل نہیں ہوتی

تو بیت بازی ہو جاتی۔ اکثر تو نانا جان کی فرمائش پر ہی اور ان کے سامنے۔ کبھی لوڈو ہوتا۔ کیرم کھیلا جاتا۔ جس زمانے میں منجھلے ماموں علی گڑھ سے آنے ہوتے، اس زمانے میں اس قسم کے اودھم زیادہ ہوتے۔ مگر ایک سال وہ آئے تو ان کے ساتھ ایک صاحبہ اور بھی تھیں۔ جو ہم میں سے کسی کو قطعی دلہن نظر نہیں آئیں۔ نانی بی اور امی نے حکم دیا کہ ان کو ممانی بیگم کہا جائے مگر وہ خود بضد کہ ہم کو ممانی نہ کہا جائے، ریحانہ باجی کہا جائے۔ نانی بی نے بھی کچھ دن دلہن پکارنے کے بعد پھر ریحانہ نام لینا شروع کر دیا تھا ان کا۔ حالانکہ وہ خود علی گڑھ جا کر ان کو بیاہ کر لائی تھیں۔ مگر منجھلے ماموں سے اکثر یہی کہتیں کہ تم نے تو خود شادی کر لی ہے۔ ہم کیا کریں۔ منجھلے ماموں اور ریحانہ باجی کی دنیا ہی الگ تھی۔ منجھلے ماموں بھی کبھی اپنی دنیا سے آئے اور ہماری دنیا کو ایک آدھ خبر سنا کر چلے جاتے جو دلچسپ ہوتے ہوئے بھی ہم کو دلچسپ نہیں لگتی۔

"بھئی معلوم ہے۔ یہ ریحانہ ٹوتھ پیسٹ کھا جاتی ہے۔۔۔۔"

ویسے تو یہ ٹوتھ پیسٹ ہی ہمارے لیے نئی چیز تھی۔ نانی بی بوا سے سب کے دانت مانجھنے کے لیے لکڑی کا کوئلہ خوب باریک پسواتیں اور اس میں نمک ملا کر شیشوں میں بھر کر رکھا جاتا تھا۔ پھر جب منجھلے ماموں علی گڑھ واپس گئے تو پھر جاوٗرہ کبھی واپس نہ آئے۔ کچھ دن بعد ماموں میاں بھی علی گڑھ روانہ ہو گئے۔ بعد میں پھر وہ بھی لوٹ کر نہیں آئے۔ یہ بڑے لوگ ہی تھے ہمارے لیے۔ نانی بی کی طرح بزرگ نہ سہی مگر ہم پانچوں کی کمپنی سے الگ تھے۔ دونوں بعد میں اگلے سال ایک بار ضرور آئے۔ مگر اس آمد کو کیا کہا جائے۔

جس سال منجھلے ماموں نے اپنی دنیا الگ بسا لی تھی۔ اس کے دوسرے سال کی ایک صبح میں کبھی نہیں بھول سکتا۔ ہم لوگ رات کی گاڑی سے چل کر علی الصبح جاوٗرہ پہنچے

تھے۔راستے بھر امّی روتی رہیں۔ اور جیسے ہی اس صبح ہم گھر میں داخل ہوئے ، وہ 20/ ستمبر کی اداس پیلی پیلی صبح تھی۔ مرغیاں ڈربے میں سے نکلنے کو بے تاب تھیں مگر دینا ماموں نہ جانے کہاں تھے۔ نانی بی کے بال کھلے ہوئے تھے اور سفید اجلے کپڑوں میں بغیر کسی زیور کے وہ عجیب سی نظر آ رہی تھیں۔ باہر نانا جان کی بیٹھک کا بند دروازہ انہونا سا لگ رہا تھا۔ ڈیوڑھی۔ چھجی اور اندرونی آنگن میں مختلف قسم کے مرد اور عورتیں جمع تھے۔ چھجی میں جو دراصل بیٹھک کے باہری طرف کا آنگن تھی، مولسری اور انار کے پیڑوں کے نیچے سارے گھر کی کرسیاں جمع تھیں۔ اور مرد بیٹھے تھے۔ اندر کے صحن میں تخت اور چارپائیاں بچھی تھیں۔ جن پر عورتیں بیٹھی تھیں۔ اس دن کیا کیا ہوا۔ مجھے کچھ یاد نہیں۔ بس میری نگاہوں میں یہی ایک منظر جم کر رہ گیا ہے۔ میں نہیں کہہ سکتا کہ نانا جان کے جنازے کی آخری جھلک میں نے دیکھی تھی یا نہیں۔ کفن میں ان کے چہرے پر کتنا نور تھا اس کا مجھے کچھ پتہ نہیں۔

اگلے دن تک خاندان کے سب افراد جمع ہو چکے تھے۔ پھر مختلف قسم کے لوگ بھی جو شاید باہر کی دُکانوں کے کرائے دار تھے۔ ہم لوگوں کو دور بھگا دیا گیا۔ ہم لوگوں نے چوری چھپے باتیں سننے کی کوشش بھی کی مگر کچھ سمجھ میں نہیں آیا۔ بہر حال ایک ہفتے میں ہی گھر کا آدھا سامان غائب ہو گیا۔ اماں جان کو پڑوس کے گھر میں رہنے کے لیے بھیج دیا گیا۔ جبو خالہ اور بھوری خالہ کے یہاں۔ کچھ سامان چچا صاحب کے گھر رکھوا دیا گیا۔ اور کچھ دوسرے چچاؤں۔ ماموؤں، خالاؤں وغیرہ کے گھروں میں۔ نانا جان کے کمرے کی لا تعداد کتابیں صحن میں ڈھیر کر دی گئیں۔ نمائش کے لیے۔ جو چاہے اپنی پسند کی کتابیں لے جائے۔ بڑے تخت پر یہ نمائش پانچ سات دن لگی رہی۔ یہ ساری کتابیں نانا جان کو کتنی پیاری تھیں۔ مگر اب کتنی بے مروتی سے لوگ ان کتابوں کو سبزیوں کی طرح جھولوں

میں بھر کر لے جا رہے تھے۔ پھر ہم پانچوں، نانی بی، خالہ جان اور امّی کافی لدے پھندے اندور روانہ ہو گئے۔ منجھلے ماموں اور ماموں میاں علی گڑھ چلے گئے اور بمبئی والے بڑے ماموں واپس بمبئی۔ وہ یوں بھی بہت کم آتے تھے۔ خالو جان تو یوں بھی ہمیشہ دوروں پر رہتے تھے اور خالہ جان نانی بی کے ساتھ ہی رہتیں۔

اس دن جیسے ہی ہم لوگ مجو ماموں کے تانگے میں بیٹھ کر ریلوے اسٹیشن پہنچے تھے، کئی لوگ ہم لوگوں کو رخصت کرنے کے لیے موجود تھے اور کئی آتے جاتے رہے۔ تانگے سے سفید پردے کھول دیے گئے، اور دینا ماموں اور دوسرے لوگ ان پردوں کو تان کر کھڑے ہو گئے اور درمیان میں راستہ بنا دیا۔ اس "راستے" سے سب لوگ اسٹیشن کی عمارت میں داخل ہوئے اور اس عمارت کے اس کمرے تک چلے گئے جہاں اسٹیشن ماسٹر نے یہ اطلاع ملنے پر کہ مولوی صاحب کے گھر کی سواریاں آ رہی ہیں، پہلے سے ایک کمرے میں انتظام کر رکھا تھا۔ کچھ دیر بعد گھچو ماموں سائیکل بھگاتے ہوئے آئے اور خبر دی کہ تانگے کے روانہ ہونے کے کچھ ہی لمحوں بعد ڈیوڑھی کی دیوار اور "غریب خانہ" والا پتھر گر گیا۔ میں نے اسے اٹھا کر اپنے پاس یادگار کے طور پر رکھ لیا ہے۔ آپ کی اجازت چاہیے"۔۔۔

"تم کون غیر ہو گھچّو میاں"۔۔۔ نانی بی نے کہا اور آنسو پونچھے۔

اس صبح کے بعد دس سال بعد کی ایک اور شام۔۔۔۔۔۔

امی۔ میں اور شمّی باجی اس ڈیوڑھی میں داخل ہوئے۔ گھنشیام داس آگے آگے چل رہا تھا۔ ہم لوگ اپنے بچپن کو کرید رہے تھے۔ "دیکھئے بی بی جی۔۔۔ 'اس نے امی کو مخاطب کیا۔ "یہ کنواں ہم نے بند کروا دیا ہے۔ اب تو کمیٹی والا نل لے لیا ہے نا۔۔۔ یہاں سے

یہ زینہ نکال لیا ہے، یہ کمرے یہاں سے تڑوا دیئے ہیں اور یہ اوپر یہ نئے کمرے بنے ہیں۔۔۔ "اور نہ جانے کیا کیا۔ یہ گھر قطعی وہ نہیں تھا۔ جو ہم لوگ چھوڑ کر گئے تھے۔ وہ اندھیری کوٹھری کا اسرار ختم ہو چکا تھا اور نہ گودام والا کمرہ ہی باقی بچا تھا۔ میں اور شمّی باجی اس سبز اور زرد گھر کو دیکھتے رہے۔ جو پرایا تھا۔ ہم دونوں گھر کے اندر کمروں کے اندر گئے بغیر باہر آ گئے۔ ہاتہ سنسان پڑا تھا امام باڑے کا اونچا دروازہ ہی بند تھا۔ سنا گیا کہ صرف محرم میں تعزیہ کھولا جاتا ہے اور پچھلے پانچ برسوں میں گھچّو ماموں نے اس میں کچھ تبدیلی نہیں کی ہے۔ ہاتے میں بیچوں بیچ بنے لوہے کے اسٹرکچر پر کبوتر بیٹھے تھے۔ گھنشیام داس امی کو گھر کے اندر لے گیا۔ اپنی بیوی سے ملوایا اور پر تکلف چائے پلائی۔ ہم باہر ڈیوڑھی کی طرف بنی ہوئی دیوار پر لگا ہوا نیا پتھر دیکھتے رہے جس پر ہندی میں "شری نواس سدن" لکھا تھا۔ اوور آس پاس ہتھیلیوں کے نشان تھے۔ ایک طرف "لابھ" اور دوسری طرف "شبھ" لکھا تھا دور دور تک مولسری امرود اور انار کے درختوں کا نام و نشان نہ تھا۔ وہ سارے سر کٹے اور بیچھل پیریاں آزاد ہو چکی تھیں۔ ان کا سارا طلسم، سارا تھرل ختم ہو چکا تھا۔ اب کبھی تعزیے کی کھڑکیوں میں مور نہیں ناچیں گے۔ اب کبھی امرودوں میں وہ مزا نہیں ملے گا، اب کبھی مولسری کے ان درختوں کی خوشبو اس آنگن کے پار نہیں پہنچے گی۔ وہ خوشنما چاندنی اب صلیب پر چڑھ چکی اور پیلا اداس چاند ان پھولوں پتیوں اور درختوں کے درمیان مسکرا رہا ہے۔ جو اب پرانے ہو چکے ہیں۔ سائکیڈیلڈک نمونے کے شیشوں والی کھڑکی سے جھانکنے پر سب کچھ پرایا لگ رہا ہے کہ وہ تمام کمرے۔ دروازے۔ دالان۔ دروازے اور وہ ساری کھڑکیاں پرائی ہو چکی ہیں۔

یہاں سے بہت دور ایک چھوٹے سے قصبے کا ایک مشہور محلہ ہے جسے ہاتہ کہتے ہیں۔

یہاں سرکاری امام باڑے کے اندر تعزیئے کے علاوہ ایک سنگ مرمر کی سل رکھی ہے۔

جس پر سیاہ پتھر سے لکھا ہے "غریب خانہ" اور ایک شعر۔

سن مسیحی و ہجری کا مادہ احمدؐ۔ "غریب خانۂ طین خانۂ مسرت است"۔ یہ امام باڑہ اب کبھی نہیں کھولا جاتا۔ محرم کے دنوں میں تعزیئے کی صفائی کر کے اسے باہر نکال کر رکھا جاتا ہے۔ اور محرم کے بعد تعزیہ پھر اندر رکھ دیا جاتا ہے اور امام باڑے کا بڑا دروازہ اگلے محرم تک کے لیے بند کر دیا جاتا ہے۔

رات اور رات کے بعد

(خالدہ اصغر کے لیے)

جب رات نصف دنیا کو اپنے شکنجے میں کس لیتی تو جیسے اس کی جان نکل جاتی۔ اسے نانی اماں کی کہانی کے وہ دیو یاد آتے جن کی جان کسی مینا طوطے میں قید ہوتی۔ یا جو 'کیل دیئے جاتے۔ اسے ایسا لگتا کہ اگر اس کی جان کسی پرندے میں نہیں ہے تو سورج کے سرخ جلتے ہوئے گولے کے ساتھ ہر لمحہ جل رہی ہے، پگھل رہی ہے۔ مگر رہتی پاس میں ہے۔ اور سورج ڈھلتے ہی جیسے وہ بے جان ہو جاتا ہے۔ اگر کوئی سورج کو قتل کر دے تو وہ بھی ہمیشہ کے لیے مر جائے گا۔

اور اس طرح جب رات آتی تو وہ آسمان کی طرف دیکھتے ہوئے ڈرنے لگتا۔ آج چودھویں شب تھی مگر اس نے اپنے کمرے کی کھڑکیاں بند کر لی تھیں۔ مگر پھر بھی اسے محسوس ہو رہا تھا کہ وہ کھلے میدان۔ جنگل بیابان میں کھڑا ہے۔ چودھویں کا پیلا پیلا چاند طلوع ہو رہا ہے۔ افق کے کنارے پر وہ پہلے سرخ سرخ آنکھوں سے اپنے شکار کو دیکھتا ہے۔ سارے فرشتے۔ اور نیکی کے پیغامبر اور اچھی روحیں سب ان سرخ سرخ آنکھوں سے ڈر جاتی ہیں اور تحت الثریٰ میں چھپ جاتی ہیں یا افق کے دوسرے کنارے سے چاند کی سرخ کم ہوتی جاتی ہے۔ ہوا میں نہ جانے کیوں خنکی سی آ جاتی ہے اور ہوا کا ایک ہلکا سا جھونکا اس کے بدن میں گھس جاتا ہے۔ اسے جھرجھری آتی ہے۔ اور اس کے کپڑے

سر سراتے ہیں۔ اسے محسوس ہوتا ہے کہ جیسے ساری دنیا کے حشرات الارض اس کے لباس کی شکنوں اور سلائیوں میں گھس گئے ہیں۔ وہ ایک آستین جھاڑتا ہے تو کوئی کنکھجورا اس کے شانے پر رینگنے لگتا ہے۔ اس کو ہاتھ سے جھاڑتا ہے تو اس کی پیٹھ پر بچھوؤں کی قطاریں رینگنے لگتی ہیں۔ کہ جن کے الٹے ہوئے ڈنک بار بار اس کی قمیص کے تانے بانے میں الجھ کر ان کی رفتار کم کر دیتے ہیں۔ وہ پھر رینگتے ہیں اور بل کھاتے ہیں اور اپنے ڈنک کو قمیص کی قید سے آزاد کر لیتے ہیں۔ دو تین قدم بچھوؤں کے قدم چلتے ہیں اور پھر قمیص میں ان کے ڈنک پھنس جاتے ہیں۔ پھر کنکھجورے اور سانپ اور مکڑیاں اور تل چٹے اور مزید بچھوؤں کی قطاریں۔ پھر چاند سوکھے سوکھے لنڈ منڈ درختوں میں سے نکلتا ٹھیک سر پر آ جاتا ہے۔ اور عین اس وقت اسے احساس ہوتا ہے کہ وہ جنگل بیابان میں نہیں ہے بلکہ ایک آسیب زدہ سنسان کھنڈر کے صحن میں کھڑا ہے اور اس کے پیچھے ان گنت انجانے دروازے اور راہداریاں اور دالان منہ پھاڑے کھڑے ہیں۔ ان کے اندر اندھیرے ناچ رہے ہیں۔ ابھی کچھ دیر پہلے جو چاندنی ان حدود کے اندر رینگ آئی تھی۔ اس کو اندھیروں نے قتل کر کے باہر پھینک دیا ہے اور اندھیروں کی حکومت بسیط سے بسیط تر ہو گئی ہے۔ بجھا ہوا سا چاند اور خوفناک لگتا ہے۔ پھر صبح کاذب ابھرنے لگتی ہے اور اندھیرے اور بھی شور مچا، مچا کر لڑنے لگتے ہیں جیسے ان کی جنگ صبح کے اجالوں سے ہے۔ اندھیرے میں کبھی کبھی ان کی تلواریں چمک جاتی ہیں۔ اور پھر وہی بدن میں سر سراہٹ بچھوؤں کی قطاریں۔ کنکھجورے۔ پھر لنڈ منڈ درخت۔ کھنڈر سب غائب ہونے لگتے ہیں۔ اور کھڑکی کی درز سے روشنی کی ایک دبلی پتلی لکیر سلانڈر پر کسی ننھی بچی کی طرح کمرے میں پھسل آتی ہے۔ اور وہ دوبارہ اپنے آپ کو کمرے میں پاتا ہ اور کھڑکی کھول کر سورج کو نظر بھر کے دیکھ لیتا ہے۔ سورج جس میں اس کی جان ہے۔

پھر ہر رات یہی ہوتا ہے۔ اور چاندنی راتوں کی ہیبت کم ہونے لگتی ہے۔ اور اندھیروں کی ہیبت بڑھ جاتی ہے۔ اور پھر چاند مکمل غائب ہو جاتا ہے۔ جن راتوں کو اماوس کی راتیں کہا جاتا ہے، وہ آ جاتی ہیں۔ اور ہر رات کی طرح اس رات اس کے کمرے کی دیواریں اور چھت اور سارا فرنیچر۔ اس کی الماری اور الماری میں سجی ہوئی فلسفے اور ادب و شاعری کی کتابیں اور پلاسٹک کا گڈا اور لکڑی کے ناگا آدمی اور ایش ٹرے پر یونانی تہذیب کے زمانے کی تصویریں سب غائب ہو جاتی ہیں۔ اور اس کے چاروں طرف سنسان جنگل بڑھتا جاتا ہے۔ پتہ نہیں وہ درخت ہیں بھی یا نہیں۔ اسے کچھ نظر نہیں آتا ہے۔ بس اندھیرے کی سرنگ ہے جو چلی جاتی ہے۔ وہ چلا جاتا ہے۔ مگر جیسے قدموں کو حرکت دیے بغیر۔ پھر کوئی الّو کہیں چیختا ہے۔ ایک چمگاڈر اس کے سر سے تقریباً ٹکراتے ہوئے گزر جاتی ہے۔ پھر بلّیوں کے لڑنے کی آوازیں آتی ہیں۔ یہ بلّیاں ہیں یا اندھیرے۔ کہ ان کی آنکھیں بھی اندھیرے میں نہیں چمکتیں۔ پھر کسی نزدیکی پل سے کوئی ٹرین دھڑ دھڑاتی ہوئی گزر جاتی ہے۔ مگر ٹرین میں روشنی نہیں ہے۔ اور پھر یہ اندھیری ٹرین بھی اندھی سرنگ میں گھس جاتی ہے اور وہ نہ جانے کیسے کھلے میدان سے بغیر قدموں کو حرکت دیے اس چلتی اندھیری ٹرین میں داخل ہو جاتا ہے۔ اسے کچھ نظر نہیں آتا۔ پتہ نہیں یہ سرخ مسافروں کے ہونٹوں اور انگلیوں میں دبی سگریٹوں کا جلتا ہوا سرا ہے یا وہ سرخ آنکھیں۔ پھر نہ جانے کہاں سے آکر ریل گاڑی کی چھت پر بلیلاں لڑنے لگتی ہیں۔ وہ باہر سے دیکھتا ہے۔ (نہ جانے کب وہ چلتی ٹرین سے اتر گیا ہے)۔ ان کے چیخنے کی آوازیں اور چھک چھک کی آوازیں مخلوط ہو جاتی ہیں۔ پھر ریل سیٹی دیتی ہے اور اس کے بھاپ کے انجن سے بہت سا جلتا ہوا کوئلہ نیچے گرتا ہے۔ اور جب ایک الّو اس کے شانے پر آ کے بیٹھ جاتا ہے تو اسے پتہ چلتا ہے کہ ٹرین کا نام و نشان کچھ نہیں ہے۔ پھر وہی کھلا

میدان ہے۔ نہ جانے اس کے پیچھے کھنڈر ہیں یا نہیں۔ کھنڈر ہیں تو ان میں ان گنت دروازے اور راہداریاں اور دالان ہیں یا نہیں۔ کچھ نظر نہیں آتا۔ وہ پیچھے مڑ کر دیکھتا ہے تو کمرے کی بند کھڑکی کی پتلی سی دراز سے ایک ننھی منی بچی۔۔ روشنی کی ایک کنجوس سی کرن کمرے میں داخل ہو جاتی ہے۔

پلپیٹی نم بالوں والی لڑکی

(تلقارمس کے نام)

اس رات نہ جانے ہم لوگ کہاں مہمان تھے۔ شاید کسی کے گھر کوئی تقریب تھی۔ میں نے مردانے مہمان خانے سے کسی بچے کو بھیج کر زنانے سے امی اور باجی کو بلوانا چاہا۔ امی نہ جانے کن انتظامات میں لگی ہوئی تھیں جن کی میرے لیے کوئی دلچسپی نہیں تھی۔ اور باجی۔۔۔۔ اب یہاں مجھے وقت کی ترتیب۔۔sequence کا احساس نہیں ہو رہا ہے کہ ایسی کیا بات ہوئی تھی جو اچانک میری باجی سے لڑائی ہو گئی اور میں نے طے کیا کہ میں نہیں بولوں گا۔ اور میں گھڑی دیکھتا رہا۔ رات بھیگتی جا رہی تھی۔ نہ جانے میں نے باجی کے ساتھ کیوں بولنا بند کر دیا تھا۔ مگر انہوں زبردستی میرا ہاتھ پکڑ کر 'میرا اچھا بھیا' قسم کے جملے کہہ کر مجھے منا لیا تھا۔ اور پھر میں ان کو ساتھ لے کر ماموں جان کے گھر آنا چاہ رہا تھا۔ مگر نانی بی بھی ساتھ ہو گئیں۔ "میں بھی چلوں گی۔ بلکہ دو تین دن رہوں گی راشد کے پاس" انہوں نے کہا تھا۔

یہاں پھر وقت کی ترتیب میرا ساتھ نہیں دے رہی ہے۔ درمیان کے مناظر دھندلے ہو گئے ہیں۔ جیسے کسی پرانی فلم کی کوئی ریل کاٹ دی جاتی ہے۔ اس کے بعد میری یاد داشت میں اگلا منظر ماموں جان کی بڑی سی کوٹھی کا ہے۔ نانی بی۔ باجی اور میں

اندر داخل ہوئے۔ بڑے سے پھاٹک سے ہار سنگھار اور چمپا کے درختوں کے اندھیرے سایوں کی طرح گزرتے ہوئے ہم لوگ پائیں باغ کی طرف بڑھ گئے۔ یہ سوچ کر کہ چوکی دار کو زحمت نہ ہوا کرے۔ پچھلے دروازے میں نانی بی نے خود اپنا تالا ڈال دیا تھا۔ اب تالا کھولنے کے بعد ہم لوگ پائیں باغ میں داخل ہوئے۔ درمیان کے مدور راستے پر بجلی کے کھمبے لگے تھا۔ جن میں روشنیاں لگی تھیں۔ شیڈ کے باہری شیشے ایک سیدھی طشتری پر رکھی ہوئی الٹی طشتری کی شکل کے تھے جو اندر لگے ہوئے قمقموں کی روشنی کو چھان چھان کر باہر پھینک رہے تھے عجیب اداس سا منظر تھا۔ دالان کی طرف بڑھا تو دو مچھر دانیاں نظر آئیں ہلکے ملٹری رنگ کی۔ مجھے یاد آیا کہ ماموں جان کے یہاں پروفیسر گارسواں اور ان کی حاملہ امریکی بیوی جن کا نہ جانے کیا نام تھا، مہمان ٹھہرے ہوئے ہیں۔ مہمان کمرہ بھی اسی دالان کے ہی ملحق تھا۔ پروفیسر گارسواں کا یونیورسٹی میں وزٹنگ پروفیسر کی حیثیت سے تقرّر ہوا تھا اور وہ ماموں جان سے دوستی کی وجہ سے پہلے سے ہی چلے آئے تھے۔ میں باجی اور نانی بی دھیرے دھیرے دالان سے گزرتے ہوئے اندر کمروں کی طرف بڑھ گئے۔ مگر میں وہیں رک گیا۔ ایک مچھر دانی میں سے براؤن رنگ کا نائٹ سوٹ اور سفید بال نظر آرہے تھے۔ ان کا سگار باکس بستر سے نیچے گر گیا تھا جسے میں نے دھیرے سے اٹھا کر اور ایک ہوانا سگار نکال کر دوبارہ رکھ دیا۔ اس کے بعد دوسری مچھر دانی پر نظر گئی جہاں اخروٹی رنگت کے بالوں والی مسز گارسواں سو رہی تھیں۔ ان کی سرخ نائٹی ان کے درمیانی جسم کی حدود سے دور تک پھیل گئی تھی۔ اور ان کا کھلا ہوا جسم کاہی سبز رنگ کی مچھر دانی میں سے بے حد پراسرار نظر آرہا تھا۔ میں سوچتا رہا۔ ان کا لڑکا یا لڑکی اب ہندوستان کی فضا میں پہلی سانس لے گی۔ تو کیا وہ ہندوستانی نہیں کہلائے گی۔ وہ فرانسیسی امریکی ہی کیوں رہے گی۔۔۔ لافس انڈینہ۔(La fisse indienne)۔ میں

نے سوچا اور پھر مجھے پروفیسر گارسواں کے نام پر ہنسی آ گئی۔ گارسواں۔ بوائے۔ ٹھیک ہے بوائے۔ تم سوتے رہو۔ اور جب تم اٹھو گے تو تم کو محسوس نہیں ہو گا کہ تم نے اور خاص طور پر تمہارے بیٹے یا بیٹی نے ہندوستانی تہذیب کو کس طرح اوڑھ لیا ہے۔ مگر تم واپس جاؤ گے تو یہی کہتے رہو گے کہ او۔ دیٹ گوڈ ڈیم کلچر (Oh that God damn culture)۔ یہ تو آزادی کے بعد کا زمانہ ہے۔ پھر بھی یوروپینس کی ذہنیت ابھی تک بدلی تو نہیں ہے۔

باجی دالان میں آئیں۔ میں اور نانی بی یہاں ہی سو جائیں گے۔ تم واپس گھر چلے جاؤ۔

"

میری کچھ سمجھ میں نہیں آیا۔ کیا میں اسے اپنا گھر سمجھ کر نہیں آیا تھا۔ اور اب مجھے اپنے ذاتی کمرے کی طرف لوٹ جانا ہے۔ میں چپ چاپ واپس جانے کے لیے مڑ جاتا ہوں۔ جیب میں رکھا سگار کچھ چبھتا ہے۔ میں اسے نکال کر ہاتھ میں رکھ لیتا ہوں اور پائیں باغ سے گزر کر دروازے کی طرف بڑھ جاتا ہوں۔ پیچھے نانی بی شاید دروازہ بند کرنے دبے پاؤں آتی ہیں۔ میں سگار چھپا لیتا ہوں اور دروازے سے باہری لان کی طرف پھر ہار سنگھار کے پیڑوں کے نیچے سے گزرتے ہوئے بڑے پھاٹک سے نکل جاتا ہوں اور دیا سلائی ٹٹولتا ہوں۔ سڑک پر دھیرے دھیرے بوجھل قدموں سے چلتے ہوئے سگار سلگا لیتا ہوں۔ اپنی گھڑی دیکھتا ہوں رات کے ساڑھے بارہ بجے تھے۔ مگر مجھے صحیح وقت ابھی یاد نہیں۔ میں نے کہا نا کہ میں وقت کا تسلسل اور ترتیب بھول چکا ہوں۔

میں ہوسٹل آ جاتا ہوں۔ اپنا کمرہ کھولتا ہوں۔ نائٹ سوٹ دیکھتا ہوں کہ کپڑے بدل لوں۔ باہر کوئی کپڑا نہیں ہے۔ اس کے لیے سوٹ کیس کھولتا ہوں۔ اوپر رکھی ہے ترتیب کتابوں کی ہٹا کر اندر سے کپڑے نکالتا ہوں۔ لیکن مجھے نائٹ سوٹ نہیں ملتا۔ الماری میں

پھر سے دیکھتا ہوں۔ نائٹ سوٹ نہیں ہے۔ پھر مجھے کسی کمی کا احساس ہوتا ہے۔ میری میز۔۔۔ مگر میری میز یہاں سے غائب ہے۔ نہ جانے کون کس وقت کہاں لے گیا ہے۔ میں دوبارہ سوٹ کیس کی طرف متوجہ ہوتا ہوں۔ میرے ہاتھ میں ایک بنیان آتا ہے۔ جس کا برانڈ دیکھ کر مجھے لگتا ہے کہ میرا نہیں ہے۔ نیچے کے کپڑے بھی مجھے اپنے نہیں لگتے۔ پھر کتابیں بھی مجھے اجنبی لگتی ہیں۔ ان کو کھول کر ان پر لکھے نام دیکھتا ہوں۔ ہر کتاب پر K۔K۔M۔ کے الفاظ لکھے ہیں۔ ہاں۔ یہ میرے پڑوسی کمال کی کتابیں ہیں یہ سوٹ کیس بھی اس کا ہے، الماری بھی اس کی ہے۔ کمرے میں چاروں طرف نظر دوڑاتا ہوں۔ ہر شے کمال کی ہے۔ میں تیزی سے باہر آتا ہوں اور یہ کمرہ بند کر دیتا ہوں۔ مجھے چوری یا جرم کا احساس ہوتا ہے۔ نہ جانے اپنے پڑوس کے کمرے کا تالا میری چابی سے کیسے کھل گیا ہے۔ میں اس کمرے کے بائیں طرف والے کمرے کی طرف جاتا ہوں۔ کہ یہ کمرہ میرا ہو گا۔ کمروں کے نمبر پچھلی بار کی سفیدی میں چھپ گئے تھے اس کے لیے مجھے کمروں کی شاید پہچان نہیں رہی ہے۔ تالا کھولنے کی کوشش کرتا ہوں مگر کمال کے کمرے کے دونوں طرف والے کمروں کا تالا میری چابی سے نہیں کھلتا۔ میری سمجھ میں نہیں آتا کہ میرا کمرہ کہاں گیا۔ میں سوچتا ہوں کہ پھر ماموں جان کے گھر لوٹ چلوں۔ نہ جانے کیا وقت ہوا ہو گا۔ میں باہر نکلتا ہوں۔

"ہلو جاوید۔۔۔۔" مجھے آواز آئی۔ یہ سامنے YWCA میں رہنے والی مسز ہربرٹ کے یہاں تقریباً روزانہ آنے والی مسز میری اسمتھ تھیں۔ "ہلو مسز سمتھ"

"نو۔۔۔ نو۔۔۔ ڈیر۔۔۔ از نٹ دیٹ رانگ۔ میں نے تم سے ہمیشہ کہا ہے کہ مجھے آنٹی میری کہا کرو۔۔۔"

" اوہ ساری میڈم۔ آنٹی میری آئی مین۔۔۔ واٹ کین آئی ڈو فار یو۔۔۔"

"کچھ نہیں۔ مجھے اپنے گھر تک چھوڑ آسکو تو آئی ول بی ویری تھینک فل۔ یہاں جون کے یہاں بہت دیر ہو گئی ہے۔" اور وہ میرے ساتھ چلنے لگیں مگر اس وقت نہ جانے کیوں بے حد عجیب باتیں کر رہی تھیں وقت کو بیس سال پیچھے لوٹانے کی۔

"کیا ایسا ممکن ہے۔۔۔" انہوں نے پوچھا۔

"ہاں۔۔۔" میں نے ہنستے ہوئے کہا "ویلز کی ٹائم مشین مل جائے تو۔"

اور انہوں نے میری بات پر قہقہہ لگا کر جیسے میرا مذاق اڑا دیا۔ مجھے سارے واقعات یاد نہیں رہے مگر نہ جانے کیوں انہوں نے کسی نہ کسی بات پر میری رائے مانگی اور میری رائے پر قہقہے کا اظہار کر کے میر امذاق اڑایا۔ یہاں تک کہ ان کا فلیٹ آ گیا۔ سامنے والے فلیٹ میں ابھی بھی کافی چہل پہل تھی۔ اوپر کی منزل میں۔ نیچے بھی کچھ فیشن ایبل لڑکیاں ٹہل رہی تھیں۔

"اوہ ہو۔ انجو۔ سارا۔ ان سے ملو۔ یہ جاوید ہیں۔ بڑے مزے کے آدمی ہیں۔" انہوں نے پھر قہقہہ لگایا۔

"یہ ٹائم 'مشین بنانے' کیا بات 'کر رہے ہیں۔ ہاہاہا۔ اور سنو۔ جیسے کبھی کبھی برسات کے دنوں میں آنکھوں میں کوئی کپڑا کر جاتا ہے۔ ایسے ہی راتوں کو ان کو ڈر لگتا ہے کہ کوئی ٹوٹا ہوا تارہ ان کی آنکھ میں نہ گر جائے۔۔ ہا۔ ہا۔ ہا۔۔۔"

اور وہ نہ جانے کیا کیا کہتی ہوئی اپنے فلیٹ میں چلی گئیں۔ میں رکا رہا۔ میں اور انجو اور سارا سامنے کی طرف دیکھتے رہے جہاں مسز میری سمتھ دھیرے دھیرے زینے چڑھ رہی تھیں۔۔ "بے چاری" انجو نے کہا۔

"آج ہی ان کو خبر ہوئی کہ ان کا بیس سالا لڑکا فریڈرک 'شزوفرینیا' کا شکار ہو گیا ہے۔"

"کہاں۔۔؟" میں نے پوچھا۔۔

"پین سلوینیا میں کہیں۔ اور لاس انجلس میں مسٹر اسمتھ اپنی کسی کینیڈین داشتہ کے ساتھ رہ رہے ہیں۔ تم کو معلوم ہے مسز اسمتھ سے آٹھ دس سال چھوٹے ہیں۔؟"

مجھے مسز میری کے خاندان کے بارے میں یہ معلومات نئی لگی تھیں۔ میں نے ان کے گھر کی طرف دیکھا اوپری منزل کی کھڑکی سے نظر آنے والے کمرے میں آنٹی میری ایک الماری سے چینی گڑیاں نکال رہی تھیں۔

"آیئے اوپر چلیں۔ مسز سمتھ نے پہلے بھی آپ کا ذکر کیا تھا کہ آپ اچھے ادیب بھی ہیں اور بڑے اچھے موسیقار بھی۔ کیا آپ پیانو Play کر سکتے ہیں۔۔"

"بس جو کچھ بھی کرتا ہوں۔ کر ہی لیتا ہوں۔ پیانو بھی بجانا آتا ضرور ہے۔ مگر معاف کیجیے گا۔ میں انگریزی موسیقی کی روح سے سمجھوتہ نہیں کر سکا۔ اس لیے پیانو پر اس قسم کا entertainment نہیں دے سکوں گا۔"

"نہیں نہیں۔ آپ دھن بجایئے گا۔ انجو بنگلہ گیت گائے گی۔"

"یہ بات مان لی۔ رابندر شو نگیت میں پیانو بڑا پیارا لگتا ہے۔ آیئے انجو جی۔۔"

ہم تینوں اوپر چلے گئے۔ بڑے سے ڈرائنگ روم میں ہر شے فاختئی رنگ کی تھی۔ پردے۔ قالین۔ صوفے۔ کارنس پر رکھی چپ چاپ سی گوتم بدھ کی مورتی اور صلیب بردوش عیسیٰ کی پینٹنگ۔ میں پیانو کے پاس اخروٹ کی لکڑی کے اسٹول پر جا بیٹھا۔ انجو نے ایک بنگلہ گیت کی دھن مجھے بتائی۔ پھر میں پیانو بجانے لگا۔ انجو نے بنگلہ گیت چھیڑ دیا۔ بنگلہ میں نہیں سمجھ سکتا مگر پیار کی کوئی زبان نہیں ہوتی۔ لہجے سے مجھے محسوس ہو گیا تھا کہ بے حد پیار بھرا گیت ہے۔ اس اجاڑ سی رات کے آدھے سے زیادہ حصّہ بھیگنے کے بعد کے لمحوں میں پیانو پر ایک بنگلہ لڑکی کے بنگلہ گیت کا ساتھ دیتے ہوئے سوچ رہا تھا۔ آج سے

پیس پچیس سال بعد پروفیسر اور مسز گارسواں کی لڑکی۔۔ اگر لڑکی ہوتی تو۔۔۔۔ فرانس کے کسی بولوارد میں یا کسی ایسے ہی ڈرائنگ روم میں گٹار پر راگ بھیم پلاسی بجانے کی کوشش کر رہی ہو گی یا پھر پیانو پر راگ گوڑ سارنگ۔ مہمانوں نے اس سے ہندوستانی موسیقی کی فرمائش کی ہو گی۔ کاش وہ ایسا نہ کرے۔ یا اگر وہ کوئی لڑکا ہوا تو 'ہرے راما ہرے کرشنا' گاتا ہوا ایل ایس ڈی کے نشے میں بھول جاتا ہو گا کہ اس کے ڈیڈی کسی دن ہندوستان کے ایک شہر کے بے حد وسیع مکان کے پائیں باغ میں مچھر دانی لگا کر سگار پیتے پیتے سو جاتے تھے۔ اور ان کے میزبان کے ساتھ سہگل کے گیتوں اور بڑے غلام علی خاں کی ٹھمری پر سر دھنتے دھنتے پاگل ہو جاتے تھے۔

"اب آپ بھی کچھ سنائیے۔۔۔" انجو نے مجھ سے فرمائش کی۔ اور میں سوچنے لگا کہ پیانو پر کون سا ہندوستانی فلمی گیت اچھا گایا جا سکتا ہے۔ اور میں نے شروع کر دیا۔ "میں دل ہوں اک ارمان بھرا۔۔۔ تو آ کے مجھے پہچان ذرا"

میرے ذہن میں طلعت محمود کی آواز تھی مگر باہر عجیب سی آواز آتی۔ میں نے مسز سمتھ کی کھڑکی کی طرف دیکھا وہ کھڑکی میں ہی کھڑی تھیں۔ اور ان کے ہاتھوں میں بچوں کے بجانے والا باجہ تھا۔

گیت ختم ہوا۔ انجو اور سارا نے تالیاں بجائیں۔ اب مجھے یہ بھی یاد نہیں کہ پہلے میں نے دو سے زیادہ لڑکیاں دیکھی تھیں، باقی لڑکیاں اس وقت اس کمرے میں موجود تھیں یا نہیں۔ میں بس یہ سوچ رہا تھا کہ یہ کیسی ہندوستانی لڑکیاں ہیں جو رات کے اس پچھلے پہر (دو ڈھائی بج چکے تھے) ایک مرد کے ساتھ باتیں کر رہی ہیں اور گیت گا رہی ہیں۔

"داد دو بھئی۔ کیا خیال آیا ہے۔ کہ اب کچھ گھریلو قسم کی تفریح کی جائے۔۔۔۔" انجو نے خوش ہوتے ہوئے مشورہ دیا۔ 'کیا مطلب' سارا نے پوچھا۔

" ارے بھائی ۔۔ وہ تمہاری کرایہ دار نہیں ہیں مسز شری واستو ۔۔ جن کی لڑکی کی شادی کے سلسلے میں آج رت جگا ہے ۔ "

"تو کیا ہم لوگ بھی اس طرح آج رت جگا نہیں کر رہے ۔ اکثر ہی کرتے رہتے ہیں ۔ "

" بھئی بے حد رومانٹک لگتا ہے یہ رت جگا بھی ۔ چلیے جاوید صاحب "

"لیکن میں وہاں جا کر کیا کروں گا ۔ وہاں تو صرف عورتیں ہوں گی ۔ "

"تو یہاں کیا ہم مرد ہیں ۔ پھر آپ سے سب کو ملوایا تھوڑی جائے گا ۔ بس ایک لڑکی سے ملاقات کروائی جائے گی ۔ " میری منزل کہیں نہیں تھی ۔ میرا کمرہ کہیں نہیں تھا ۔ اس لیے خوشی کے ان لمحوں کو میں نے غنیمت جانا ۔ اور انجو اور سارا کے ساتھ پچھلی طرف کی سیڑھیوں سے اتر گیا ۔ یہ سوچتے ہوئے کہ اگر وہ لڑکی بھی انجو اور ساری کی طرح ہی نکلی تو کہا جا سکتا ہے کہ دنیا بہت خوب صورت ہے اور جینا ابھی مشکل نہیں ہوا ۔

"اور ہاں ۔۔ ۔" سارا نے ایک مزے کی بات کی " وہ لڑکی پلیٹی نم بلانڈ ہے مگر المونیم چہرے والی لڑکی کہلاتی ہے "۔

"کیا مطلب "میری سمجھ میں جیسے کچھ نہیں آیا ۔

"چونکئے نہیں ۔ آپ خود دیکھ لیجیے گا ۔ "

میں باہر دروازے پر ٹھہر گیا ۔ اندر سے مختلف قسم کی آوازیں آ رہی تھیں ۔

" بھئی وہ ہُما کہاں ہے ۔ اسے باہر بلا دیجیے ۔ میں ایک صاحب ۔۔ صاحبہ سے ملانے لائی ہوں ۔ "

" اتنی رات گیے کون آیا ہے ۔ " اندر کی آواز آتی ۔

" بھئی واہ ۔ تم لوگ رت جگا کر سکتے ہو تو کیا اور کوئی نہیں کر سکتا ۔ "

میں یہ آوازیں سنتا رہتا ہوں۔ مگر وہ المونیم کے چہرے والی اور پلیٹی نم بالوں والی لڑکی نہیں آتی۔ انجو اور سارا دونوں اندر چلی جاتی ہیں۔ میں کچھ گھوم کر مسز میری اسمتھ کے فلیٹ کے سامنے آجاتا ہوں۔ سام کے نغموں کی کتاب بہ آواز بلند پڑھنے کی آواز آ رہی تھی۔ آنٹی میری۔ انہیں یہ نہیں معلوم کہ ان کے گھر کے قریب دو تین سڑکوں کے موڑ کے پیچھے ایک بڑے سے گیٹ والی وسیع عمارت میں فرانسیسی پروفیسر گارسواں اور امریکی مسز گارسواں اپنی ہندوستانی بچی کا انتظار کر رہے ہیں۔ جس کی پیدائش پر شاید ممانی جان رتجگا کروائیں گی۔ اور وہ بچّی آج سے بیس برس بعد رویندر سنگیت گائے گی یا جاز کی دھن پر ناچے گی۔ اور معلوم نہیں پروفیسر گارسواں کس صورت میں بے انتہا خوش ہوں گے اور کس صورت میں بے انتہا بور۔ انہیں نہیں معلوم ہو گا کہ یہ کون سی دنیا ہے۔ مگر میں اس جیتی جاگتی دنیا کے باہر کھڑا ہوا اس پلیٹی نم بالوں والی لڑکی کا انتظار کر رہا ہوں۔ مگر انجو اور سارا کو اب تک پتہ نہیں ہے۔ پھر میں نہ جانے کب باہر نکل آیا ہوں۔ آنٹی میری نظر آتی ہیں کھڑکی کے پار۔۔ وہ دیوار گھڑی کا شیشہ کھول کر کرسی پر چڑھی اس کی سوئیوں کو پیچھے کی طرف تیزی سے گردش دے رہی تھیں۔ ان کے ایک ہاتھ میں ایک ببوا تھا۔ اور میں مڑتے ہوئے سوچتا ہوں کہ وہ لڑکی نہ جانے کیسی تھی۔ اگر اس کی آنکھوں میں بھی پلیٹی نم یا ایلومینم کی سی چمک ہوئی تو۔ میں ان سے مل کر کیا کروں گا۔

پارک میں

وہ کافی دیر سے بچوں کے پارک میں بیٹھا تھا۔ وہ اگر یہاں نہیں دکھائی دیتا تو شاید شہر میں لگے ہوئے سرکس میں تماش بینوں کی سب سے اگلی قطار میں بیٹھا نظر آتا اور بچّوں کی طرح تالیاں پیٹتا۔ اسے سرکس سے بے حد دلچسپی تھی، خاص طور پر جب لڑکے لڑکیاں چھت پر لگے جھولوں کے ڈنڈوں میں پیر پھنسا کر لٹک جاتے یا پھر اُسے اس وقت بھی بے حد مزا آتا جب ایک تار پر کوئی لڑکی اپنے پیروں سے رقص دکھاتی یا ایک پہیے والی سائیکل چلاتی تیزی سے گزر جاتی۔ مگر اس وقت وہ سرکس کے تماش بینوں میں شامل نہیں تھا بلکہ پارک میں نظر آ رہا تھا۔

سامنے کچھ لڑکے چھوٹی سی ربر کی گیند سے فُٹ بال کا کام لے رہے تھے۔ گلاب کی کیاریوں کی درمیانی خلاؤں کو گول بنا رکھا تھا اور ننھے ننھے پیر اس ننھی منی سی گیند کو فٹ بال سمجھ کر کِک لگا رہے تھے۔

"گول" ایک بچّے نے چیخ کر کہا۔

"گول" دوسرے بچوں کی آواز کی آوازوں کے ساتھ ہی ایک بوڑھی ان سنی آواز بھی شامل تھی۔ وہ بڑے انہماک سے یہ فٹ بال میچ دیکھتا رہا۔ ایک ٹیم میں چار کھلاڑی تھے اور دوسری ٹیم میں چھ۔ چھ کھلاڑیوں کی ٹیم نے چار کھلاڑیوں والی ٹیم پر چار گول کر دیئے تھے جب کہ چار کھلاڑیوں والی ٹیم ایک ہی گول کر سکی تھی۔ اس لئے جب اس بار

کھلاڑیوں والی ٹیم نے ایک اور گول کیا تھا تو اسے بے حد خوشی ہوئی تھی۔ ان چاروں میں نیلی نیکر والا لڑکا گیند کو ماہر کھلاڑیوں کی طرح کِک لگا رہا تھا۔

تھوڑی دیر بعد براؤن پتلون پہنے ایک مرد اور گلابی جین پہنے ایک عورت وہاں آئی۔ "سُنیل!"۔ انھوں نے آواز لگائی۔ اور وہ نیلی نیکر والا لڑکا اپنے سرخ موزوں اور سرخ ہی جوتوں سے بھاگتا ہوا ان کے پاس گیا۔ سبز گھاس پر دوڑتے یہ سرخ جوتے اسے بے حد پیارے لگے۔ "چلو۔ اب گھر چلیں"۔ وہ مرد عورت شاید اس بچّے کے والدین تھے۔ اس نے بڑی اداس آنکھوں سے گیند اٹھائی اور بغیر دوسرے بچّوں کو کچھ کہتا ہوا اپنے والدین کے ساتھ چل دیا۔

اُس نے بڑی دیر تک ان تینوں کا اپنی نظروں سے تعاقب کیا۔ پارک کے باہر مرد نے گرے سکوٹر کے پیچھے عورت کو اور آگے نیلی نیکر والے لڑکے کو کھڑا کر کے پیروں کی ہلکی سی جنبش سے سکوٹر سٹارٹ کیا اور روانہ ہو گیا۔ شام کے سائے بڑھتے جا رہے تھے۔

سبز فراک اور زرد موزوں والی ایک بچّی سلائڈر پر سیڑھیوں کے ذریعے بھاگ بھاگ کر چڑھنے اور سلائڈ کے چکنے دھات کے فرش پر سے پھسلتے ہوئے اترنے لگی۔

سیاہ نیکر والا ایک بچہ لکڑی کے گھوڑے پر بیٹھا زمین پر ٹانگوں کو مار مار کر گھوڑے کو اس بری طرح آگے پیچھے کر رہا تھا کہ اصل گھوڑا شاید اپنے مالک کی فرماں برداری سے انکار ہی کر دیتا۔

کئی بچّیاں ایک دوسرے کو چھونے کا کھیل کھیل رہی تھیں اور تیزی سے بھاگ رہی تھیں۔ ان کے اڑتے ہوئے فراک اور رنگ برنگی جینس بڑی خوب صورت لگ رہی تھیں۔ یہاں کی گھاس نم تھی جس کی وجہ سے ان کے بھاگتے ہوئے پیر پانی کے ننھے ننھے موتی فضا میں بکھیر دیتے تھے۔

دھیرے دھیرے دوسرے مرد اور عورتیں ادھر آتی رہیں اور بچّے ان کے ساتھ واپس جاتے رہے اور وہ ان سب کو پیدل چلتے ہوئے، کار میں بیٹھتے ہوئے، یا سائیکل پر سوار ہوتے دیکھتا رہا۔ اپنی اداس آنکھوں سے۔

پھر ایک دوسرے کونے سے سکول کی کچھ لڑکیاں اس طرف سے گزریں۔ ان کے ہاتھوں کے سامان سے ظاہر ہوتا تھا کہ یہ پارک کے کسی غیر آباد کونے میں پکنک منا کر واپس جا رہی تھیں۔ ایک لڑکی اچانک گھاس پر بیٹھ گئی اور دوسری کو پکارا جس کا نام کویتا تھا۔ یہ نام اسے پکارنے پر ہی پتہ چلا تھا۔ اس نے کویتا سے کچھ کہا اور گھاس پر بیٹھ گی۔ اس نے چپّل اتار کر اپنے پیر باہر نکالے۔ اسے یہ پیر بے حد پیارے لگے۔ جیسے دو فاختائیں۔ کویتا نے پہلی لڑکی کے پیر سے شاید کانٹا نکالنے کی کوشش کی۔ اور کچھ ہی لمحوں میں یہ لڑکیاں بھی وہاں سے جا چکی تھیں۔ پارک سنسان ہو گیا تھا۔ درختوں کی آخری چوٹیوں پر دھوپ کے اداس اور پیلے دھبّے مٹنے لگے تھے۔

وہ اداس ہو گیا۔ اس نے اپنے کپکپاتے ہاتھوں سے ہینڈل موڑا اور دھیرے دھیرے اپنی وھیل چئیر کو موڑ کر سڑک پر لے آیا۔

جانے انجانے

(رام لال کی نذر)

اس نے جیسے ہی ٹرین سے اتر کر پلیٹ فارم پر قدم رکھا، اس کے پیر ایک ایسی زمین سے ٹکرائے جو اسے بے حد اپنی محسوس ہوئی اس کے پیروں نے آٹھ سال بعد اس زمین کی خاک چکھی تھی۔ ٹرین سے اترتے ہی اس نے پلیٹ فارم پر ادھر ادھر دیکھا سب کچھ تبدیل ہو گیا تھا۔ اسے جوگندرپال کا جملہ یاد آیا۔ وقت نہیں گزرتا۔ ہم گزر جاتے ہیں۔ یہ نظریۂ اضافی۔۔۔۔۔۔ 'اونہہ'۔ اس نے دل میں کہا۔ ایسے فلسفیانہ خیالات سے اسے کوفت ہوتی۔ وہ یہ خیال جھٹک کر پلیٹ فارم پر ہی جان پہچان کے لوگوں کو تلاش کرنے لگا۔ انکوایری آفس میں اس کا ایک ساتھی راجندر سنگھ بیٹھا کرتا تھا۔ اس نے انکوایری آفس میں جھانکا۔ مگر وہاں کوئی لڑکی بیٹھی ہوئی تھی۔ راجندر کے دوستوں میں سے بھی کوئی نظر نہیں آیا۔ پھر اسے زبیر یاد آیا۔ زبیر اس کے ساتھ ہائی اسکول میں پڑھتا تھا۔ مگر آگے نہیں پڑھ سکا تھا۔ اور اس نے وزن کرنے کی مشین کے کنٹراکٹر کے یہاں نوکری کر لی تھی۔ اس کی ڈیوٹی تھی کہ تمام اسٹیشنوں کے پلیٹ فارمس پر اور سینما ہالوں وغیرہ میں نصب وزن کرنے کی مشین کھول کر اس میں سے سکّے خالی کرے ٹھیکے دار کو رقم جمع کرے اور کسی خرابی کی رپورٹ دے۔ وہ اس کی وجہ سے بغیر پیسے کے وزن کراتا رہتا تھا۔ اور اکثر اس کی بدولت بغیر پلیٹ فارم ٹکٹ کے پلیٹ فارموں پر مٹر گشتی کرتا رہا تھا۔ زبیر نے

اپنے کام میں فنکارانہ مہارت حاصل کرلی تھی۔ ہر اتوار کو وہ اسٹیشن والی مشینوں پر آتا تھا اور باقی دوسرے دن دوسری جگہوں پر نصب مشینوں پر۔ ہر مشین کھول کر پچھلے ہفتے میں نکلنے والے ویٹ کارڈس کا شمار کرتا اور پیسوں کے خانے سے دس دس پیسے کے سکے جمع کرتا۔ ہمیشہ ہی ایسا ہوگا تھا کہ ہفتے میں ویٹ کارڈس 70 عدد نکلے ہوئے مگر 10 پیسے کے سو سکّے تک جمع نکلتے۔ اور زبیر آرام سے باقی پیسے اپنی جیب میں ڈال لیتا۔ اس مشین کے مکینزم پر اسے اس قدر دسترس حاصل ہوگئی تھی کہ اس نے کئی مشینوں میں یہ انتظام کررکھا تھا کہ 10 پیسے کے ایک سکّے سے وزن کا کارڈ آتا ہی نہیں تھا۔ جب اس پر دوسرا سکہ ڈالا جاتا تو برآمد ہوتا۔ اور اس طرح نصف آمدنی اس کی اپنی ہوتی۔

آج بھی اتوار تھی۔ اس نے سوچا شاید زبیر ہی مل جائے۔ وہ اسٹیشن آتا تھا تو تین چار گھنٹے یہاں گزار کر جاتا تھا۔ مگر اس کا بھی کہیں پتہ نہ تھا۔ نہ اس پلیٹ فارم پر اور نہ اب ٹرین کے گزر جانے کے بعد دوسرے خالی پلیٹ فارموں پر دور دور سے نظر آرہا تھا۔ پھر اسے اپنے انٹر کے ساتھی اقبال۔ گل مقصود۔ سلیم اور حمید یاد آئے۔ یہ سب اسکوٹر رکشا چلانے لگے تھے۔ اس نے پلیٹ فارم سے باہر آکر سارے رکشا ڈرائیوروں کی شکلیں دیکھیں مگر کوئی صورت پہچانی نظر نہ آئی۔ مجبور ہوکر اس نے ایک رکشا لے ہی لی۔ اور اپنا ایر بیگ جھلاتے ہوئے اس میں بیٹھ گیا۔ اور اپنے پرانے گھر کا پتہ بتا دیا۔ "مہارانی روڈ چلو"۔ رکشا والے نے رکشا سٹارٹ کی اور کچھ لمحوں میں اسکوٹر نے سپیڈ پکڑ لی۔ اس نے راستے میں اقبال سلیم وغیرہ کے بارے میں پوچھا بھی مگر یہ ڈرائیور کسی سے واقف نہیں تھا۔ یوں تو اسے ارجُن نگر جاتا تھا۔ اپنی دادی کے گھر مگر اس وقت بے ساختہ اس کا جی چاہا کہ وہ اپنے پرانے گھر چلا جائے۔ راستے میں جانے پہچانے راستے میں جانی پہچانی عمارتیں بھی انجانی محسوس ہو رہی تھیں۔ جلد ہی اسکوٹر اس کے پرانے گھر کی سڑک پر مڑی۔

"کہاں روکوں" وہ ڈرائیور کی آواز سے چونکا۔ اور اس نے دور سے ہی اس پیپل کے درخت کی طرف اشارہ کیا۔ جس کا تنا اسے بچپن سے ایسا لگتا تھا جیسے کرشن کنہیا بانسری بجا رہے ہوں۔ جب کچھ نزدیک پہنچا تو اسے محسوس ہوا کہ کرشن جی کی ایک ٹانگ کو کاٹ دیا گیا ہے۔ اس کا دوہرا تنا اب اکہرا ہو گیا تھا۔ اس نے اپنے پرانے چار منزلہ گھر کے سامنے اسکوٹر رکشا رکوائی۔ اور پیسے دے کر اترا۔ نیچے دُکان تھی جس کے مالک نے ہی وہ مکان خریدا تھا۔

"بنارسی داس جی نہیں ہیں کیا۔۔۔؟" یہ مکان کے نئے مالک کا نام تھا۔

"وہ تو باہر گئے ہوئے ہیں۔۔۔۔"

"اور سلیم صاحب۔ من موہن جی اور حکیم جی۔۔۔؟" یہ وہاں کے ملازمین کے نام تھے۔

"سلیم صاحب نے استعفیٰ دے دیا۔ حکیم جی گزر گئے۔ اور من موہن جی دوسری دُکان میں بیٹھتے ہیں۔ مگر آپ کو کس سے کام ہے۔۔۔"

اس کی سمجھ میں نہیں آیا کہ وہ اس نئے اجنبی ملازم سے کیا کہے۔ "مجھے کام تو کسی سے نہیں۔ دراصل یہ مکان ہمارا ہی تھا۔"

"اوہو۔ آپ کہیں تو مکان کھلوا دوں۔ یہ تو ہم نے گیسٹ ہاؤس بنا رکھا ہے۔ آپ چاہیں تو اسی میں ٹھہر جائیں۔" "شاید پٹیل صاحب بھی بمبئی سے واپس آ جائیں گے۔۔"

اب بھی اسکی سمجھ میں نہیں آیا کہ وہ کس ارادے سے یہاں آیا تھا۔ "نہیں رہنے دیجیئے۔ شکریہ۔" اس نے کہا اور پڑوس کی دونوں دُکانوں کو دیکھا۔ مشری لال جی کی دُکان میں ان کا لڑکا راکیش دُکان پر بیٹھا تھا۔ یہ گول مول گھنگھریالے بالوں والا لڑکا اور کون ہو سکتا ہے۔ "اوہو۔۔۔ یہ راکیش اتنا بڑا ہو گیا۔ اس نے اس سولہ سترہ سال کے لڑکے میں

آٹھ نو سال کے لڑکے کی شباہت ڈھونڈھی۔

"پتاجی کہاں گئے۔۔۔۔۔"

مگر راکیش اس کی شکل دیکھ رہا تھا۔۔۔

"تم راکیش ہی ہونا۔۔۔۔" اس نے دوسرا سوال کیا۔

"ہاں جی۔۔۔ پتاجی تو یاترا پر گئے ہیں۔ آپ نے مجھے کیسے پہچانا جی۔۔ میں تو آپ کو نہیں جانتا۔"

"ارے میں نے تم کو اتنے سے لے کر اتنا بڑا تک دیکھا ہے۔" اس نے ہاتھ کے اشارے سے ایک ننھے بچے سے لے کر آٹھ دس سال کے بچے کے قد کی نشان دہی کرتے ہوئے کہا۔ "میں یہاں پڑوس میں ہی تو رہتا تھا۔ پٹیل صاحب۔۔ بنارسی چاچا نے یہ مکان ہم سے ہی خریدا تھا۔ دیکھو تم کو اب بھی پہچان لیا۔" مگر راکیش یہ پہچان قبول کرنے اور خلوص کے مظاہرے کے موڈ میں نہ تھا۔ یوں بھی گاہکوں کی بھیڑ بڑھ گئی تھی۔ اور اس نے ملازم کو آواز لگائی۔ "ایک کلو کتھا۔۔ نمبری" اور اس سے غیر متعلق ہو گیا۔

اس نے اپنے بائیں طرف والے پڑوسی کی طرف رجوع کیا۔ یہاں بھی ایک اجنبی چہرہ نظر آیا جو اسٹیل کے برتنوں کی چمک سے چمک رہا تھا اور اسٹیل کی طرح ہی بے حس۔

"وہ کہاں گئے بھئی۔۔۔ 'اسے کچھ مشکل سے نام یاد آیا۔۔۔ "ناگر صاحب"

"ان کی دُکان تو نہیں ہے یہ۔ آپ نے سائن بورڈ نہیں دیکھا شاید۔۔ در اصل ہم نے یہ دُکان ناگر صاحب سے 1979ء میں ہی خرید لی تھی۔ آپ اس سے پہلے کی بات کر رہے ہیں شاید۔۔۔" اس نے باہر آ کر دُکان کا سائن بورڈ دیکھا۔ "ناگر اینڈ سنس۔ سٹین لیس سٹیل یوٹینسل ڈیلرس۔ کی جگہ "شرما سٹیل سٹور" کا بورڈ لگ رہا تھا۔ کچھ لمحے اس

نے پیپل کے تنے سے لگ کر گزارے۔ یہ سوچتے ہوئے کہ اب وہ یہاں سے دادی کے گھر ارجن نگر جائے یا نہ جائے۔ دادی اس کے والد کی سوتیلی ماں تھی۔ جو کہ اس سے کافی پیار کرتی تھی اس لئے وہ چلا بھی آیا تھا۔ مگر اس کی پھوپھیاں، اس کے والد کی سوتیلی بہنیں اس سے اتنی رغبت نہیں رکھتی تھیں اور نہ اسے ہی ان کا اتنا خیال تھا۔ اس نے سوچا کہ ارجن نگر جا کر کیا کرے گا۔ اپنے پرانے گھر اور پرانے ساتھیوں کی یاد نے اسے یہاں آنے کے لیے اکسایا تھا۔ مگر شاید کوئی اسے اب پہچانتا نہیں تھا۔ اس نے ایک اسکوٹر رکشا رکوائی اور دھیرے سے کہا "ریلوے اسٹیشن"۔ اسکوٹر رکشا پھر اسی راستے پر روانہ ہو کر اسٹیشن پہنچ گئی۔ وہ اپنا بیگ لے کر ویٹنگ روم میں گیا۔ نہایا۔ باہر آ کر کنٹین میں چائے پی۔ پھر کچھ رسالے لے کر تین گھنٹے اور ویٹنگ روم میں گزارنے کے ارادے میں واپس چلا گیا کہ واپسی کی ٹرین میں ابھی کافی وقت تھا۔ جب وہ دوبارہ سامان لے کر نکلا تو ٹرین کے وقت میں آدھا پون گھنٹہ ہی رہ گیا تھا۔ اس نے ٹکٹ خریدا اور واپس آ گیا۔۔ یہ سوچ کر کہ ٹرین میں جب کنڈکٹرس آ جائیں گے تو ریزرویشن کا معلوم کرے گا۔ تھوڑی دیر بعد ہی ٹرین پلیٹ فارم پر لگ گئی۔ مگر وہ تنہا ہی تھا اور سامان کون سا تھا اس کے پاس۔ سوچا کہ آرام سے ٹرین کے چلتے وقت ہی بیٹھ جائے گا۔ ریزرویشن مل جائے تو اس بوگی میں۔۔۔ اتنے میں اسے ایک آواز نے چونکا دیا۔۔۔ "ابے تو۔۔ جمّی!"

اس نے مڑ کر دیکھا۔ جمیل احمد۔ ریڈر ان فلاسفی۔ دہلی یونیورسٹی کو یہ کون جمّی کہہ رہا ہے۔؟ سفید بے داغ دھوتی پہنے گنجے سور اور ننگے پیر والے ایک بوڑھے کی آواز تھی یہ۔۔۔۔

"شری کاکا"۔۔۔

"اے تو آیا ہے کہ جا رہا ہے۔۔۔" "یہ ٹرین تو دہلی جانے والی ہے۔"

"نہیں جی۔ میں کہیں نہیں جا رہا کاکا۔۔۔۔"

"کب آیا تو۔۔۔۔"

وہ قریب آکر اس کے کندھے اور سر پر ہاتھ پھیرنے لگے۔۔۔۔

"تیرے تو بال بھی کتنے پک گئے رے للوا۔۔ " ان کی آنکھوں میں آنسو آ گئے۔۔۔تجھے دیکھ کر مجھے اپنا یار یاد آگیا۔۔ کیا جوان تھا اپنا عقیل"۔۔

"مشری کاکا۔ آپ گئے تھے کہاں۔۔۔۔؟"

"ارے۔ اب بڑھاپے میں چار دھام نہ دیکھ لیتا تو کیا پرلوک سدھار کے دیکھتا۔ مورکھ۔ اسی لیے تو جی رہا تھا اب تک۔ اور شاید اس لیے کہ تجھ جیسے سپوت سے ایک بار ملنا ہو جائے۔ چل رے گھر چل۔"

"میں ابھی اتر کر سیدھا گھر گیا تھا کاکا۔ راکیش نے مجھے نہیں پہچانا۔ پھر ایک دوست مل گیا جو مجھے پھر یہاں لے آیا۔۔۔۔"

"ارے۔ راکیش تجھے کیا پہچانتا۔ راجیش تھا تیرا دوست وہ تو لندن میں اپنا بزنس جمائے ہوئے ہے۔ اکھلیش بھی تجھے پہچان لیتا۔ وہ امریکہ میں ڈاکٹری کر رہا ہے۔ راکیش تو بچہ تھا تیرے سامنے"۔

"آؤں گا آپ کے گھر بھی کاکا۔ ابھی تو دادی جی کا دیہاوسان ہو گیا ہے نا۔ اس لیے آیا تھا۔"

"کل صبح تک تو میں تیرے گھر ہی تھا بیٹا، تیری دادی میری موسی جو تھی۔ ہاں۔ کل ضرور آنا۔ ہاں نہیں تو۔ میں عقیل کو بھی ہاتھ مار دیتا تھا۔ تجھے تو مار ہی سکتا ہوں۔ ابھی بڑھاپے میں بھی اتنا دم تو ہے ہی۔ دیسی گھی والا۔۔۔۔"

ضرور کاکا۔ ابھی تو میں ایک آدھ ہفتے رہوں گا۔" اس نے ہاتھ ڈال کر جیب میں

ٹرین کا ٹکٹ محسوس کیا۔

"اچھا جمّی بیٹا۔ ہم چلے۔ تیری کاکی جب سے پر لوک سدھاری ہے۔ تب سے گھر پر اپنا جی نہیں لگتا۔ تو ہی رہ جانا میرے ساتھ دو چار دن۔۔۔۔۔"

"ضرور کاکا۔ کل تو ملنے آؤں گا۔ پھر اتوار سے دو تین دن آپ کے ساتھ ہی رہوں گا۔"

شری کاکا نے اس کے سر پر ہاتھ پھیراا اور چل دیے۔

آخر دادی تو اس سے پیار کرتی ہی تھی۔ کیوں نہ پھوپھیوں سے بھی وہ مل ہی لے۔ وہ سوچنے لگا۔ اور خود کو انکوایری آفس کے سامنے کھڑا پایا۔

"اوئے۔۔"راجندر کو شاید اس کا نام یاد نہ آ رہا تھا۔

"او سوالاکھے۔۔ تم سالے یہیں ہو اب تک۔ میں تو بڑی دیر سے یہاں ہوں مگر تم دکھائی نہیں دیئے۔"

"ابے میں شام کی ڈیوٹی پر ابھی تو آیا ہوں۔ سالے۔ یہ بتاؤ تم کب تک رکو گے۔۔۔"

"آٹھ دس دن۔۔ جب کا تم ریزرویشن دلوا دو گے تب تک۔ مگر تمہارے گھر شام کو آؤں گا۔ تم تو وہیں بخشی کالونی میں ہو نا۔۔ مگر تم کو دادی کا گھر کہاں معلوم ہے۔ جہاں میں ٹھہروں گا۔ اور پتہ بتانے کے معاملے میں تو تم جانتے ہو۔ اپن کورے ہیں۔۔"

"لے یار ایک پان تو کھا لے"اس نے ڈبیہ میں سے ایک تازہ تازہ پان نکال کر اسے دیا۔ ایک خوشبو سی اڑی۔

"اور وہ زبیر کہاں ہے۔"پان اس کے منہ میں تھا۔

"کہاں جائے گا سالا۔ یہاں ہی ہے آج کل سٹیشن سوموار کو آتا ہے"راجندر نے

کہا۔

اچھا کل آؤں گا۔ ابھی دادی کے گھر جا رہا ہوں۔" وہ اسٹیشن سے باہر نکل آیا۔

"ارے سلیم بھائی۔۔۔" اس نے سلیم کو دیکھ کر آواز دی۔

"کون۔۔۔ جمیل۔۔۔؟ ارے تم کب آئے۔ چلو چلو بیٹھو رکشا میں۔ کہاں چلنا ہے۔" اس نے رکشا سٹارٹ کر کے قریب لا کر کھڑی کی۔ اور اتر کر گلے ملا۔

"چلو۔ رستے میں ہی باتیں ہوں گی۔ ارجن نگر چلو ابھی تو۔۔۔" وہ بیٹھ گیا۔ رکشا اسٹارٹ ہو گئی۔ اور سلیم سے باتیں کرتے ہوئے جب وہ سڑک پر دیکھ رہا تھا تو اسے لگا کہ جیسے سب کچھ وہی تو تھا۔ تمام راستے وہی تھے زیادہ تر عمارتیں نہیں رہی تھیں۔ کچھ نئی بن گئی تھیں تو کیا۔۔۔۔ آخر ہر جگہ نئی عمارتیں بنتی ہی رہتی ہیں۔

جاں بیچنے کو آئے۔۔۔۔

اور جب آدھی رات کا گجر بجا اور آدھی رات ادھر اور آدھی رات ادھر ہو گئی اور مہمانوں کی طنزیہ مسکراہٹیں سونے لگیں اور ایک ایک کر کے مہمان کسی نہ کسی بہانے سے اپنے گھر روانہ ہونے لگے۔ اس وقت عارف میاں رندھی ہوئی آواز میں کہہ رہے تھے۔۔۔ "نجو۔ میں نے وعدہ کیا تھا نا کہ میں تم کو اپنے ہاتھ سے دلہن بناؤں گا۔ یہ وعدہ پورا ہو چکا۔" انہوں نے رومال سے اپنی آنکھوں کے گوشے پونچھے۔ نجمہ نے عارف میاں کے کندھے پر سر رکھ کر ایک سسکی لی۔

"ارے پگلی۔۔ روتی ہے۔ ارے وہ گھر تو بالکل جانا پہچانا ہے۔ کسی غیر کے گھر میں جا رہی ہے کیا۔" انہوں نے مذاق میں اپنے کپکپاتے ہاتھ سے نجمہ کے سر پر چپت مارنے کی کوشش کی مگر کامیاب نہ ہو سکے۔ "پپو کا خیال رکھنا۔" انہوں نے کہا تھا پھر ان کو ہوش نہیں تھا کہ نجمہ کب اشفاق کے ساتھ روانہ ہو گئی۔

اس کے کچھ دیر بعد وہ نجمہ کے کمرے میں دروازے کے قریب کھڑے تھے۔ انہیں لگا اس کمرے کی ہر شے۔ پر ویرانگی رات بھر کی تھکی ہوئی طوائف کی طرح لپٹ گئی تھی۔ ایک گرد کی تہہ۔ جیسے ابھی طوفان آ کر گزر گیا ہو۔ صبح سے رات تک اتنی گرد کیسے جمع ہو سکتی ہے، یہ عارف میاں کو خیال نہیں آیا کہ ان کی آنکھوں کی دھند بھی ہو سکتی ہے۔ مگر اس وقت بے حد سکوت تھا۔ پورے چاند کی رات کو دن سمجھ کر جاگ اٹھنے

والے پرندے بھی جس سکوت کے سحر کو توڑ نہ سکتے تھے۔ کم از کم عارف میاں کے لیے۔ وہ جیسے نظروں سے گرد جھاڑ جھاڑ کر کمرے کا جائزہ لینے لگے۔ الماری کے اوپر پپّو کے کھلونے۔ الماری میں۔ انہوں نے الماری کھولی نجمہ کے کچھ پرانے کپڑے ننھے پپّو کے کچھ جوڑے، کچھ پرانی شیشیاں جس میں جانے کب کی دوائیں بھری تھیں۔ ایک ڈبے میں بیسیوں طرح کی ٹیبلٹس۔ (خدا پپو کو ہمیشہ صحت مند رکھے۔ ان کے دل نے دعا مانگی)۔ پھر وہ طاہرہ کے کمرے کی طرف مڑ گئے۔ جو تقریباً خالی تھا۔ صرف ایک کونے میں کچھ بستر رکھے تھے۔ دیوار کے ایک کونے میں لگے چوبی سنگھار دان کے گندے شیشے میں کوئی عکس نہیں تھا اور ایک ٹوٹی ہوئی کنگھی سنگھار دان سے گرا ہی چاہتی تھی۔ عارف میاں پھر نجمہ کے کمرے میں آئے اور دروازے کے سہارے لگ کر کھڑے ہو گئے۔ افوہ۔ کتنی تکلیف وہ خاموشی ہے۔ انہوں نے پھر سوچا۔ اور ابھی پرسوں ہی۔۔ پرسوں رات کو جب وہ اشفاق کے ساتھ 23 ڈاؤن جنتا ایکسپریس میں دہلی آرہے تھے تو ان کے ذہن میں کتنی اپ اور ڈاؤن ٹرینیں چل رہی تھیں۔ کئی انجن خواہ مخواہ شنٹنگ کر رہے تھے۔

ٹرین ایک جھٹکے سے کسی سٹیشن پر رکی۔ اوپر کی برتھ پر لیٹے ہوئے اشفاق کی آنکھ کھل گئی۔ "کون سا سٹیشن ہے۔" اس

نے پوچھا۔ " ابھی سفر شروع ہوئے دیر ہی کتنی ہوئی ہے جو تم یہ پوچھنے لگے۔ تمہاری آنکھ لگ گئی نا اس لیے پتہ نہیں چلا ہو گا۔ غالباً مہد پور ہے مگر اس طرف پلیٹ فارم نہیں آیا ہے۔ دوسری طرف ہے۔" عارف میاں نے طویل جواب دے کر کھڑکی سے باہر جھانکا۔ ٹرین پلیٹ فارم سے کافی آگے آگئی تھی کیوں کہ یہ بوگی انجن سے بالکل ملحقہ

تھی۔ " تم سو جاؤ اشفاق " انہوں نے پیار سے کہا۔ " ابھی دلّی دور ہے۔" اشفاق نے آنکھیں مصنوعی طور پر بند کر لیں۔ ٹرین پھر کھسکنے لگی۔ اور پھر تیز دوڑنے لگی۔ اس کے ساتھ ساتھ کئی لمحے ، کئی یادیں، جیسے فریاد کرتے ہوئے دوڑنے لگے۔ "ہمیں کہاں چھوڑے جا رہے ہو عارف میاں۔ ہمیں بھی لے چلو ساتھ میں" اور عارف میاں نے ایک ایک کر کے ہر لمحے کو گود میں اٹھا کر چلتی ٹرین میں سوار کرا دیا۔

"اماں مجھے نوکری مل گئی۔ وہ جو اس دن ٹیچر شپ کے لیے انٹرویو دیا تھا نا۔۔۔۔"

"چلو میرے دکھ کے دن کٹ گئے"۔ اماں نے عارف میاں کو دعا دینے کی بجائے براہ راست خدا کا شکر ادا کیا۔ پھر عارف میاں کے کندھے پر ہاتھ رکھ کر کہا۔ " طاہرہ کو خوش خبری دے دی"؟۔

"جی ہاں۔ امّاں" عارف میاں بولے۔ "تو جا کر زاہدہ بی کو بھی خبر سنا دو وہ بھی سچ مچ خوش ہوں گی۔ "

پھر عارف میاں تقریباً دوڑتے ہوئے پڑوس کے گھر میں پہنچے۔ " خالہ جان " انہوں نے دروازے پر آواز لگائی۔ مگر جواب کا انتظار کیے بغیر اندر گھس گئے۔ " خالہ جان۔ میں انٹرویو میں کامیاب ہو گیا۔ مجھے ملازمت مل گئی"۔ وہ سیدھے باورچی خانے میں گھس گئے تھے۔ زاہدہ بی نے کھونٹی سے دوپٹہ اتارا اور جلدی سے گلے میں ڈال کر عارف میاں کو لپٹا لیا۔ اور بلائیں لے ڈالیں۔

"اور ہاں خالہ جان۔ معاف کیجیے گا۔ میں اچانک سیدھا یہاں چلا آیا"۔۔۔

"کوئی تم غیر ہو عارف میاں۔ جاؤ جا کر نجو کو بھی یہ خبر سنا دو۔۔۔ "

"کہاں ہیں نجّو"

ادھر بڑے کمرے میں ہی ہو گی۔ کچھ سی رہی تھی"۔

وہ باورچی خانے سے نکل کر آنگن میں آئے اور دالان کے پار بڑے کمرے کے دروازے میں ہی نجمہ کی جھلک پا کر بولے۔

"نجّو۔۔۔ مجھے نوکری مل گئی۔۔۔۔"

"مبارک ہو عارف بھیّا۔ مٹھائی کھلائیے"۔۔ وہ دالان میں چلی آئی۔

"مٹھائی تو میں کھلاؤں گا۔ مگر تنخواہ ملنے کے بعد"۔

"ابھی فوراً مٹھائی کھلانے کا میں نے تھوڑا ہی کہا تھا۔ پہلی تنخواہ پر"۔۔۔ نجمہ بولی۔

"ابھی تو خالہ جان آپ لوگوں کو میرا منہ میٹھا کرانا چاہیے۔" زاہدہ بی بھی دالان میں چلی آئی تھیں اور عارف میاں ان کی طرف مڑ کر بولتے ہوئے نجمہ کو وہاں سے غائب ہوتے نہ دیکھ سکے۔

"ہاں اور کیا۔۔" زاہدہ بی نے عارف میاں کی طرف داری کی اور صحن کے ہینڈ پمپ پر جا کر ہاتھ دھونے لگیں۔ ایک لمحے کو عارف میاں اکیلے رہ گئے۔ مگر دوسرے ہی لمحے نجمہ چلی آئی۔ "لیجیے عارف بھیّا۔ رات ایک جگہ میلاد تھا۔ فی الحال اس کے حصے سے ہی منہ میٹھا کر لیجیے۔" اس نے عارف میاں کی طرف ایک لڈو بڑھا دیا۔ ایک لڈو دیکھ کر عارف میاں نے کچھ سوچا۔ پھر دوبارہ باورچی خانے میں جا پہنچنے والی زاہدہ بی سے مخاطب ہوئے "خالہ جان لڈو میں اکیلے نہیں کھاؤں گا"۔

"میرے منہ میں پان ہے۔ تم دونوں بھائی بہن کھالو"۔ زاہدہ بی نے کہا اور بُھنتے ہوئے مسالے میں سبزی ڈال کر فضا میں ایک چھناکے کی آواز پیدا کر دی۔ عارف میاں

نے آدھا لڈو نجمہ کی طرف بڑھا دیا۔ "لو بھئی۔ ہم بھائی بہن کھالیں۔

\-

"عارف بھیّا اب بھابھی لے آئیں گے گھر میں" نجمہ بولی۔ "عارف میاں زاہدہ بی اور نجمہ بڑے کمرے میں فرش پر بیٹھے تھے۔

"نہیں بھئی بھابھی کہاں۔ ابھی بہنوئی ڈھونڈھنا ہے۔"

"کچھ سلسلہ ہوا طاہرہ کا"؟۔ زاہدہ بی نے پوچھا۔ حالانکہ ان کو بھی یقین تھا کہ کچھ سلسلہ ہونے پر سب سے پہلے ان کو ہی بتایا جاتا۔

"نہیں خالہ جان۔ یہی تو مصیبت ہے"۔

"اوئی۔ مصیبت کیوں ہوئی۔ خدا نے چاہا تو جلد ہی اپنے گھر کی ہو جائے گی۔ طاہرہ بھی۔ حمیدہ بی کا ایک بوجھ تو تمہاری ملازمت کی وجہ سے کم ہو ہی گیا۔ ایک یہ فکر بھی دور ہو جائے گی۔ دعا کرو کہ نجمہ کے بھی ہاتھ پیلے ہو ہی جائیں۔"

"پوسٹ مین" دروازے پر آواز آئی۔ یہ نجمہ کے والد کی پنشن کا منی آرڈر تھا۔

پھر ایک صبح حمیدہ بی اٹھیں تو انہوں نے طاہرہ کو بلایا۔

"بیٹی میرا دل کچھ گھبرا رہا ہے"۔

"کیوں امّاں"۔۔

"پتہ نہیں کیوں۔ سینے میں درد ہو رہا ہے"۔

"ٹھہریئے اماں۔ میں سنکائی کر دوں۔ کسی کو بلا لاؤں۔ پڑوس میں جو نئے لوگ۔۔۔۔۔۔۔"

"نہیں۔۔۔۔۔ہاں۔ سنکائی کر دو۔ چولہا جلاؤ۔ اور بھائی کو ناشتہ کرادو۔ عارف میاں

اٹھ گئے۔؟" حمیدہ بی نے پوچھا۔ اور پھر یہ سوچا کہ ان کی عرصے کی سنگی ساتھی زاہدہ بی مہنگائی کی وجہ سے پڑوس کا مکان فروخت کر کے چھوٹے سے کسی مکان میں کرائے سے رہنے کے لیے چلی گئیں۔ اور ان کو اکیلا چھوڑ گئیں۔۔۔۔

طاہرہ نے دروازے سے جھانکا۔ عارف میاں منہ دھو رہے تھے۔ طاہرہ نے باورچی خانے میں چولہا جلایا۔ اور چائے اور سینک کے لیے ایک ساتھ پانی چڑھا کر جیسے ہی لوٹ کر آئی حمیدہ بی اب اس فکر سے آزاد ہو چکی تھیں کہ طاہرہ بائیسویں سال میں قدم رکھ رہی ہے۔ اس سے کیا، وہ ہر فکر سے آزاد ہو چکی تھیں۔ مگر عارف میاں نے خود کو پھر بھی تنہا محسوس نہیں کیا تھا۔ اسکول سے آتے جاتے وقت وہ ہمیشہ کافی دیر کے لیے زاہدہ بی اور نجمہ سے باتیں کرتے رہتے تھے۔ ان کا اسکول بھی تو زاہدہ بی کے نئے گھر کے پاس ہی تھا۔

"اتنی دیر کہاں لگا دیتے ہیں بھائی جان۔ اسکول سے سیدھے گھر نہیں آتے کیا۔۔۔۔۔۔۔۔۔۔۔۔؟"

"ہاں۔ خالہ جان کے یہاں دیر ہو گئی"۔۔ عارف میاں کو سچ بولنے میں بھلا کیا خطرہ تھا۔

"بھائی جان۔ میری کہنے کی جگہ تو نہیں ہے، مگر ایک بات کہوں؟"

"کہو۔" عارف میاں قریب آ گئے۔

"وہ عابدہ خالہ آئی تھیں آج۔ کہہ رہی تھیں۔۔۔۔۔۔۔۔۔"

"ہاں ہاں۔ بتاؤ نا۔ کیا کہہ رہی تھیں۔۔" عارف میاں تعجب اور اضطراب کا ایک

ساتھ شکار ہو اٹھے۔

"کہہ رہی تھیں۔۔۔۔۔۔ کہہ رہی تھیں کہ عارف میاں اور نجمہ۔۔۔۔۔۔۔۔۔"

"کیا۔۔۔۔۔۔؟" ان کا منہ حیرت سے کھلا رہ گیا۔

"وہ کہہ رہی تھیں کہ زاہدہ بی سے کہہ کر دونوں شادی کیوں نہیں کر لیتے۔۔۔"

عارف میاں چکرا گئے۔ نجمہ۔۔۔ بہت اچھی لڑکی ہے۔ مگر اسے اس نظر سے تو۔۔۔ یہ ضرور ہے کہ وہ بنائے ہوئے رشتے کے مطابق اس کی والدہ کو خالہ جان کہتے تھے۔ اور اس رشتے سے نجمہ کو خالہ زاد بہن۔۔۔ خالہ زاد بہن سے شادی ضرور ممکن ہے مگر نجمہ کے ساتھ شادی۔۔۔ نہیں۔۔۔ انہیں ضرور کچھ کرنا پڑے گا۔ اور پھر اگلی بار جب عارف میاں اس گھر میں گئے اور معمول کے مطابق، خالہ جان کو آواز دی تو دالان میں نجمہ نظر آئی۔ مگر وہ نجمہ کا سامنا نہ کر سکے۔ باورچی خانے کی طرف رخ کر کے بولے۔ "خالہ جان۔ کوئی چیز منگانی ہو تو بتا دیجئے۔ میں لیتا آؤں گا" اور تھوڑی دیر بعد سیر بھر چاول سیر بھر چاول کی گردان کرتے ہوئے لوٹ گئے۔

جب شام کو وہ اسکول سے بازار ہوتے ہوئے اور چاول لیتے ہوئے لوٹ کر آئے تو جیسے وہ ایک فیصلہ کر چکے تھے۔

"میں تم کو آج سے نجمہ نہیں۔ نجو کہوں گا۔ آج سے میں نے تم کو باقاعدہ اپنی حقیقی بہن بنا لیا ہے۔"

"تو کب نہیں تھی تمہاری بہن عارف میاں۔۔۔" زاہدہ بی جو لمحہ بھر پہلے سناٹے ہیں آ گئی تھیں، سنبھل کر بولیں۔

"نہیں خالہ جان۔۔۔ بلکہ خالہ جان کیوں۔ آپ کو بھی میں اب امی کہا کروں گا۔ اماں

کے بعد ایک آپ ہی تو ایسی ہستی ہیں۔ اور میری بہن طاہرہ کی طرح ایک اور بہن مجھے مل گئی ہے۔۔۔ نجو۔۔۔"

"تو میں بھی آپ کو صرف بھیّا کہا کروں گی۔ عارف بھیّا نہیں۔"

"ہاں بھئی اب تم ہی تو ہو اس کے بھّیا۔ اس کا بھّیا تو ایک ہی تھا۔ جیسے اس کے ہی غیر قوم کے ساتھیوں نے۔۔۔۔۔" زاہدہ بی کے ذہن پر سن سینتالیس کی آندھیاں چلنے لگیں۔۔۔ "خیر۔۔۔۔ اب تمہارے ہاتھوں ہی نجو کی شادی ہونی ہے۔" اور پھر وہ نجمہ کو ہٹ جانے کا اشارہ کر کے سرگوشیوں میں کہنے لگیں۔۔ "ایک جگہ کا رشتہ تو آیا ہے۔ لڑکے والے جلدی میں جواب مانگ رہے ہیں۔ اکیلا لڑکا ہے۔ بنک میں کلرک ہے اس کے کسی دوست کی ماں بات چلا رہی ہے۔ نام اشفاق ہے۔ رتلام میں ہے۔"

عارف میاں اشفاق کے بارے میں معلومات کرنے چلے گئے اور کافی مطمئن رہے۔ اس سلسلے میں اشفاق کے ایک دوست جمیل سے بھی ملاقات کی جو کہ عارف میاں سے بھی واقف تھا اور عارف میان بھی جمیل کو جانتے تھے۔ اور جب جمیل کو پتہ چلا کہ عارف میاں اور نجمہ میں منہ بولا بھائی بہن کا رشتہ ہے تو بڑی بے تکلفی سے عارف میاں سے بولا۔۔۔

جناب یہ نرالی بات دیکھی۔ عام طور پر لوگ بدصورت لڑکیوں کو بہن بناتے ہیں اور ان کی خوبصورت سہیلیوں سے عشق لڑاتے ہیں۔ یہ آپ نے کیا کیا کہ ایسی پیاری چیز۔۔۔" اور عارف میاں اس کے آگے کچھ نہ سن سکے۔ ان دنوں اکثر ایسا ہوتا تھا کہ جب وہ نجمہ اور زاہدہ بی کے گھر سے نکلتے تھے تو ساتھ خیر الدین درزی سڑک کی طرف لکڑی کی بنچ پر بیٹھے ہوئے اپنے گاہکوں یا دوستوں سے اس کی طرف اشارہ کر کے مسکراتا

تھا اور کبھی پڑوس کے عبد اللہ پان والے کو آواز لگاتا تھا۔ "بھائی۔۔۔ بہتی گنگا ہے۔۔۔ ہمارے سامنے بہہ رہی ہے۔۔۔۔۔۔۔۔" اور عارف میاں دل ہی دل میں کھول اٹھتے۔ اور پھر ایک دن طاہرہ بھی کہہ بیٹھی تھی۔۔۔

"بھائی جان۔۔۔ جتنی باتیں آپ مجھ سے کرتے ہیں، شاید اس سے زیادہ تو نجمہ سے کر لیتے ہوں گے۔"

"ارے پاگل۔۔ کیا تو میری بہن نہیں ہے۔"

"بہن ہوں تو کیا ہوا۔۔۔ بنائی ہوئی تو نہیں ہوں۔۔۔" میرا تجربہ تو نہیں ہے۔ پتہ نہیں یہ بنائی ہوئی بہن کیسی ہوتی ہے۔" وہ طنز سے مسکراتی

اور اسی شام کو گھر لوٹتے ہوئے انہیں باہر سے ہی گھر کے اندر کی آوازیں آئیں۔۔۔

"عارف میاں نہیں آئے ابھی۔۔۔" یہ عابدہ خالہ کی آواز تھی۔۔۔

"بیٹھے ہوئے ہوں گے وہی اپنی منہ بولی چہیتی بہن کے پاس۔۔۔" لہجے کی حقارت اور اس میں چھپا طنز بارش کی دھوپ کی طرح صاف اور تیز تھا۔ وہ گھر میں داخل ہوئے بغیر موڑ کے پاس دُکان سے پہلی بار بازار کا پان لے کر چبانے لگے۔

آخر نجمہ اور اشفاق کی شادی ہو گئی اور وہ دونوں رتلام میں جا کر رہنے لگے۔ جہاں اشفاق نوکر تھا۔ اور عارف میاں ضد کر کے زاہدہ بی کو اپنے گھر ہی لے آئے۔ "امی آپ اکیلی کیا کریں گی اس گھر میں رہ کر"۔ عارف میاں نے کہا تھا اور پھر اسکول کے اوقات کے علاوہ وہ دن بھر گھر میں ہی رہتے۔ "امی۔۔۔ میرے کرتے میں بٹن ٹانک دیجیے گا۔ امی یہ پاجامہ دھوبی کو دے دیجیے۔ امی یہ کر دیجیے۔۔ امی وہ کر دیجیے۔۔۔ مگر طاہرہ زاہدہ بی کو ہمیشہ خالہ جان ہی کہتی رہی۔ یہاں تک کہ زاہدہ بی نے ہمیشہ کے لیے آنکھیں

موند لیں۔

شادی کے پہلے سال میں ہی نجمہ کئی بار اسی گھر میں آتی۔ اور عارف میاں اپنی اس بہن کی خاطریں کرتے رہے۔ اور پھر ننھا پپو پیدا ہوا۔ اور نجمہ نے اسے ماموں کہلانا سکھایا تو اس کے ننھے منے سے منہ سے 'ماموں' سن کر وہ بہت خوش ہوتے۔ اشفاق کو فرصت ذرا کم ملتی تھی اور پھر کبھی کبھی دوروں پر بھی جانا پڑتا تھا۔ پپو کی پیدائش کے وقت بھی وہ موجود نہیں تھا اور عارف میاں نے ہی رتلام جا کر ننھے پپو کے کان میں اذان دی تھی۔

"ماموں۔ ماموں۔ ماموں سے پوچھو۔۔ مومانی کہاں ہے۔"

"شیطان" جانے انہوں نے پپو سے کہا تھا یا نجمہ سے۔ "سچ بھیّا۔۔ ایک پیاری سی بھابھی ڈھونڈھوں۔ بلکہ سمجھیے ڈھونڈھ رکھی ہے۔ بس آپ کی اجازت ---------"

نہیں نجو۔ ابھی نہیں۔" وہ ہمیشہ ٹال جاتے۔ طاہرہ کی شادی سے پہلے وہ اپنی شادی کیسے کر لیتے؟ مگر طاہرہ کے لیے کوئی رشتہ جُڑتا ہی نہ تھا۔ ان کے پاس لڑکے کو دینے کے لیے نہ اسکوٹر تھی نہ کار۔ انہوں نے خود بھی اب جا کر ایک سکینڈ ہینڈ سائیکل خریدی تھی جس کی 'چوں چوں' کی آواز کی وجہ سے اسکول کے بچے انہیں ان کی پیٹھ پیچھے 'چوں چوں ماسٹر' کہنے لگے تھے۔ اگر کوئی لڑکا کچھ نہ مانگتا تو بعد میں پتہ چلتا کہ بدقماش اور آوارہ ہے۔ اور کہیں کسی جگہ کوئی اس کی غیر منکوحہ بیوی موجود ہے۔ اس کے نصیب میں جیسے کوئی اشفاق نہیں تھا۔ اور طاہرہ ایسی بھی پوچھ نہیں تھی کہ کسی ایرے غیرے کے پلّے باندھ دی جاتی۔ عارف میاں اکثر سوچتے کہ کسی سرداری دفتر میں نوکری کر لیں۔ جہاں 'اوپر' کی آمدنی کے بھی وسیع امکانات ہوں۔ مگر انہوں نے شرمندگی سے ایسے بے ایمانی کے

خیالات کو ہمیشہ جھٹک دیا۔ اور پھر اک دن اخبار میں دہلی کے ایک اسکول میں ہیڈ ماسٹر کی جگہ دیکھ کر انہوں نے درخواست دے دی تھی اور اپنے تجربے کی بنا پر منتخب بھی ہو گئے تھے۔ اور پھر اپنے آبائی قصبے جاؤرہ سے نکل کر وہ دہلی کے وسیع و عریض شہر میں آ گئے تھے۔

"دہلی کب آئے گا۔۔۔" اشفاق نیند پوری کر کے اوپر سے نیچے والی برتھ پر آ بیٹھا اور آنکھیں ملنے لگا۔

"ابھی سوائی مادھو پور گزرا ہے۔ کوئی چار گھنٹے بعد۔" عارف میاں نے جواب دیا۔ ٹرین اب بھی تیزی سے چلی جا رہی تھی۔ چھک چھک چھک۔

'ٹرن ٹرن' یہ پوسٹ مین کی گھنٹی کی آواز تھی۔ عارف میاں دروازے کی طرف بڑھے اور نجو کا خط کھول کر پڑھنے لگے۔

"نجمہ کا خط ہے کیا۔" طاہرہ باورچی خانے سے چلائی۔ "ہاں ہاں" عارف میاں کو لگا کہ انہوں نے ایسا جواب دیا مگر در اصل منہ سے ایک لفظ بھی نہیں نکلا تھا۔ نجمہ نے لکھا تھا کہ اشفاق کسی کو قتل کر دینے کی کوشش کے جرم میں تین سال جیل چلے گئے ہیں۔۔۔"

عارف میاں رتلام جا کر نجمہ اور پپّو کو دہلی لے آئے تھے۔ انہیں یقین نہیں آتا تھا کہ اشفاق جیسا شریف آدمی جیل جا سکتا تھا مگر نجمہ نے لکھا تھا "میں ملنے پر سب کچھ بتا دوں گی۔ اپنے بھیّا سے جھوٹ بول ہی نہیں سکتی۔" اور دہلی آ کر نجمہ نے بتایا تھا۔ "بھیّا۔۔ ایک دن میں گھر میں نہا رہی تھی۔ مجھے پتہ ہی نہ چلا کہ کب وہ اور ان کے ایک دوست جاوید آ کر بیٹھ گئے ہیں۔ میں نے نہا کر کپڑے بدلے۔ اور بغیر۔۔۔۔۔۔" نجمہ

رکی تھی۔ پھر رک کر بولی تھی۔ بغیر دوپٹے کے ہی باہر نکل آئی۔ اور تب کمرے میں ان لوگوں کو دیکھ کر بھاگی۔ اور وہ جاوید۔ بس بھیّا۔ بتا نہیں سکتی کہ کیسے دیکھ رہا تھا۔ "بعد میں انہوں نے مجھ سے کہا تھا کہ انہوں نے غسل خانے کے دروازے کے پاس آکر مجھ سے کہہ رہا تھا کہ باہر کے کمرے کی طرف نہ آنا۔ مگر میں نہ جانے کیوں سن ہی نہیں سکی۔ ان سے میں نے معافی مانگی تو وہ بولے کہ مجھے یقین ہے کہ تم نے میری بات سنی نہ ہو گی اور مجھے تم پر اپنے سے زیادہ بھروسہ ہے۔ میں بھٹک سکتا ہوں مگر تم نہیں۔۔۔ "تب مجھے اطمینان ہو گیا تھا۔ پھر وہ اور جاوید باہر والے کمرے میں ہی سوئے تھے اور میں دالان میں سو رہی تھی کہ میری آنکھ کھل گئی۔ پتہ چلا کہ وہ خون میں تر بتر کھڑے ہیں۔ میں وایک دم گھبرا گئی۔ وہ بولے۔

"وہ سوّر تمہاری مچھر دانی اٹھا کر تم کو دیکھ رہا تھا۔ اچھا ہوا کہ میں جاگ رہا تھا۔ کم بخت مر نہیں پایا۔ "میں نے ڈر کر پوچھا "کون؟ "تو پتہ چلا کہ ان کا وہی دوست جاوید۔۔۔ باورچی خانے کے چاقو سے صرف اس کا سینہ زخمی ہو سکا تھا۔

عارف میاں کا خون کھول اٹھا تھا۔ ایک لمحے کو ان کا جی چاہا کہ وہ ابھی جاوید کا مکمل قتل کر آئیں۔ مگر ان میں اتنی ہمت کہاں تھی۔ مگر ہوتی تو اس دن جمیل کو تھپڑ ہی نہ مار دیتے۔

پھر نجمہ بولی۔ "نجو۔۔ تم نے مجھے اسی وقت لکھ کیوں نہ دیا۔ تار کیوں نہ دے دیا۔ ورنہ کچھ کوشش کی جاتی۔ مقدمے کا ابھی مکمل فیصلہ تو ہوا نہیں ہو گا۔"

"نہیں بھیا۔۔۔ فیصلے کے بعد ہی تو جیل میں گئے ہیں۔ وہ جمیل کسی پولس سپرنٹنڈنٹ کا بھانجا بھی ہے۔ اور کسی مجسٹریٹ کا سالہ بھی اور مقدمے کی بات انہوں نے ہی چھپائی تھی۔ پہلے دن حوالات میں ہی کہنے لگے کہ وہ ایک آدھ ہفتے میں ہی چھوٹ

جائیں گے۔ مگر۔۔۔ خیر۔ جو ہونا تھا ہو ہی گیا۔۔۔" اور پھر نجمہ اور پپو کو عارف میاں نے دہلی میں ہی اپنے ساتھ رکھ لیا تھا۔

پھر ایک دن اشفاق کا رجسٹرڈ لفافہ آیا۔ جس میں عارف میاں کے نام خط تھا۔۔۔

" بھیّا۔ میں بہت شرمندہ ہوں۔ میں نہیں چاہتا کہ پپو کے سر پر الزام لگے کہ اس کا باپ جیل میں سزا بھگت چکا ہے۔ اس لیے میں چاہتا ہوں کہ نجمہ کو طلاق۔۔۔" اور وہ نجمہ کے ساتھ پھوٹ پھوٹ کر رونے لگے۔ اس رات طاہرہ نے تنہا ہی کھانا کھایا تھا۔

"اتنی عمر تم تنہا کس طرح کاٹو گی۔" عارف میاں جیسے دل پر جبر کر کے بولے۔ 'اشفاق کی حماقت ہے۔ یہ سب میں رتلام جا کر اس سے مل کر اسے سمجھاؤں گا کہ وہ کیا بیوقوفی کرتے جا رہا ہے۔ یا تم کہو تو میں یہ قبول کر لوں اور تمہارے لیے کوئی دوسرا۔"

" نہیں نہیں بھیّا۔۔۔" نجمہ چیخی۔ پھر سر جھکا کر شرم سے بولی " وہ یا کوئی نہیں۔۔۔" "اپنی نجو کو اپنے ہاتھ سے دوبارہ دلہن بناؤں گا۔ اور پھر اشفاق کے ہاتھ میں اس کا ہاتھ دے دوں گا۔ اور تجھے دلہن کی طرح ڈولی میں بٹھا کر رخصت کروں گا۔ بس تین سال اور۔ بس دو سال اور۔۔۔ بس سال بھر اور۔۔۔

اور ادھر دو سال میں ہی انہوں نے بہتر ملازمت اور کفایت شعاری سے خرچ کی بنا پر طاہرہ کی شادی کے لائق رقم پس انداز کر لی تھی۔ اور ابھی چھ ماہ پہلے وہ طاہرہ کو رخصت کرتے ہوئے کہہ رہے تھے۔۔۔ "طاہرہ۔ میں نے تمہیں ہمیشہ ہی سمجھایا ہے۔ آج پھر یہ کہہ دوں کہ ایسا نہیں ہے کہ مجھے تم سے محبت نہ رہی ہو۔ تم بہر حال میری بہن تھی اور ہو۔ ایک بہن کا میں نے اضافہ کر لیا تو کیا تم بہن نہیں رہ گئیں۔۔۔ اب دیکھو۔۔ میں کتنا اکیلا ہوں۔ اور پھر نجو بھی چلی جائے گی۔۔۔ تم سب مجھے چھوڑ جاتی

ہو۔۔۔" اور انہوں نے ڈولی کے پردے سے ہی آنسو پونچھ لیے تھے۔ اور پھر وہ دن بھی آ گیا جب اشفاق جیل سے رہا ہوا اور باہر عارف میاں موجود تھے۔

"ہاں۔ اور میں ہی نہیں۔۔۔ نجمہ اور پپو بھی دہلی میں تمہارے منتظر ہیں۔

اور 23 ڈاؤن جنتا ایکسپریس دہلی پہنچ چکی تھی۔

افوہ کتنی اذیت ناک خاموشی ہے۔ عارف میاں نے شاید پچیسویں بار سوچا۔ نجو کے کمرے کے دروازے سے لگے ہوئے ان کو صدیاں گزر گئیں۔ جھُجھو جھونٹے۔۔ ماموں موٹے۔" کمرے کے کسی کونے سے ان کو آواز آتی۔ انہوں نے چونک کر دیکھا۔ ہوا سے پپو کا پرانا پالنا ہل کر چارپائی سے ٹکرا گیا تھا۔ اچانک عارف میاں نے پپو کی ریل گاڑی اٹھائی۔ اس کی پٹریاں زمین پر بچھائیں اور چابی دے کر چھوڑ دی۔ اب وہ تیزی سے گول چکر کھائے جا رہی تھی۔

* * *